美好人生

关 鑫◎著

中国出版集团 现代出版社

图书在版编目（CIP）数据

美好人生 / 关鑫著. -- 北京:现代出版社，2024.
11. --ISBN 978-7-5231-1109-3

　　I.1247.5

　　中国国家版本馆CIP数据核字第202483TJ12号

美好人生
MEIHAO RENSHENG

著　　者	关　鑫	

责任编辑	杨学庆
责任印制	贾子珍
出版发行	现代出版社
地　　址	北京市安定门外安华里504号
邮政编码	100011
电　　话	(010) 64267325
传　　真	(010) 64245264
网　　址	www.1980xd.com
印　　刷	北京荣泰印刷有限公司
开　　本	710mm×1000mm　1/16
印　　张	14
字　　数	126千字
版　　次	2025年1月第1版　2025年1月第1次印刷
书　　号	ISBN 978-7-5231-1109-3
定　　价	78.00元

目 录

目　录

冲破枷锁

"行程码小程序下架。"

"取消查验健康码。"

"核酸采样点、社区小帐篷消失了。"

"新冠肺炎改名新型冠状病毒感染。"

……

越来越多消息都在宣告着,我们正走向后疫情时代。很多人开始报复性旅游,民宿老板终于开始回本,曾飙涨到 50 元一份的抗原检测试剂盒降到一折都没人买,大家都不再讨论有关阳性的话题,多地也允许燃放烟花爆竹。

生活恢复正常了,偶尔会有种错觉,仿佛之前的三年只是一场梦。正月来临之际，四处响起连绵不断、震耳欲聋的爆竹声，瞬间有了新年新气象，人们压抑、焦虑的心情在烟花绽放的那一刻释放了。

回想这跌跌撞撞的三年，有的人曾丢失过自由，有的人亏空了物质，还有的人有了严重的精神内耗，甚至拖垮了身体。就算来到了后疫情时代，依旧有很多人无所适从，但也有越来越多的人主动从阴影中走了出来。

我自从上一段恋情结束后，把要回彩礼的事情委托给了当地的一家律师事务所。原本我只想好好跟晓珊过日子，把精力投入家庭和教育上，不料事与愿违，却变成了这样的结果。

我依旧化悲痛为力量，奋发起笔继续书写，并认为这个结果虽然不好，但作为第一本书的结局倒是很合适，我都不知是喜还是忧了！

记得我当初计划，若是到年底还找不到对象就离开这个地方去外地发展，看来是时候准备出发了。而我要施行这个计划，就必须先过我妈这关。回想上次从煤矿跑出来，已经坐班车到兰州站的我，竟被她一个电话谎称病重骗了回来……

这段时间，因为晓珊的东西还在新房，我便住在我妈那里。随着住的时间越来越长，我跟我妈的关系也从刚开始的和好变得有些紧张，我永远在这个家里找不到自己的位置，感受不到家的温暖，有的只是拘束和压抑，这个家所有的规矩都是她立的，她爱管我的大事小事，这完全就是她一个人的家。我发现自己即便用"就事论事"的理智的方法来对抗自己敏感的神经，也只能克制一时，最终会使本就拘束的我变得神经更加紧绷，仿佛时刻要防备有人在身后暗算一样，我依旧很难在这个家里感到放松。于是，我打算将计就计，故意恶化跟她的关系，下班回来就到自己房间里，并把门反锁了，平日里也很少说话，让她误以为我因情感受挫而闹脾气，不致再没有边界地干预我。然后，我再找准时机告诉她，我要辞职去外地发展的事情，好让她有心理准备。

过了两天，胡律师联系我，让我和我妈到他办公室进一步沟通退彩礼一事。之前因为疫情的影响，我们只能在电话和微信上沟通。

"阿兴，你的事，我大致明白了，过户房子这件事儿，到底怎么回事？是你主动自愿的吗？"

"当然不是我自愿的，起初我只说了要写两个人的名字，是晓珊想把房子过户给她一个人，她让我们的介绍人，也就是我的三爷，把意思转告了我，后面又想尽办法逼我答应、催促我赶紧行动。"

"写两个人的名字？那房子的一半也要不少钱呢！你是想用物质征服她吗?"

"不是的，我压根没这么想，写两个人的名字意味着这是我们共同的小家，我只是想表明心意，是真心想跟她好好走下去。谁料，她因为我离异而心理不平衡，还有自身安全感的因素和只追求物质的价值观，胃口越来越大，甚至让我感觉到她很想把我所有的财产都吞噬。晓珊对金钱的欲望真是太大了！纵使榨干了我，也不会得到满足，在她的思想里，人生有三次'飞升'的机会——上学、结婚和有出息的子女，她认为靠男人是理所应当的，总得图点什么。而且她的情绪管理很差，动不动就生气，这让我很害怕，我想即便我忍受得了，可保不准她有一天会不愿意和我一起。本来二婚的我找对象就已经很吃力了，若再失败一次，我的情况会变得更加困难，所以我才把'房屋赠予'的证明撕毁了，我俩也因此事走到了尽头。"

"这种人很多，得亏你们的婚事没成，要不就把你祸害死了。还有，二婚怎么啦?！这说明你经历得多，比别人更成熟，这应该是你的优势才对，不要觉得自己二婚了就低人一等，谁要介意就算了，咱们继续找咱们的，对象还是要找的。"

"胡律师，您有所不知，我已经找了两年多了，接触了十来个女人，按朋友的话来说，都快把红河区找遍了。这些女人里也有不介意我离异的，可我没看上啊，这感情肯定得双向奔赴啊！唉，本来我觉得遇到的两个女孩都挺好的，她们对我也很有好感，要不是我离异等原因，早就找上了，岂能落到这般田地？"

"嗯，咱们这个小地方就是这样，世俗观念比较强，只要一听你离异了，内心对你的评价就会不由得往下跌。我觉得你现在还不适合找对象。"

"没错！"我立刻干脆地回复道。

"你可以走仕途嘛。"

"不是没有尝试过，咱们这儿的煤矿单位您也清楚，我就不多说了。"

"我明白了，那你现在有什么打算？"

听到这句话时，我暗暗窃喜，没有在意坐在旁边的妈妈，继续说："我打算年后将琐事处理完，去西安干心理咨询。"

妈妈转头看向我，一脸吃惊之色。

我则故意没有去理会她。

胡律师让我三思而行，把风险降到最低，我向他点点头。最后，我们确定了彩礼的相关证明材料就签字告辞了。

回去的时候，我和妈妈一路无语，回到家我也不想说什么。

我该说的，都借胡律师之口说完了，我下面要做的就是坚持自己的决定，这一次说什么都不能被她干预了。

到了春节，我跟妈妈去三爷家拜年。说实话我一点都不想去，因为三爷和我妈是一类人，都是那种没有边界感、过分干预他人的人。可是礼节还是要有的，毕竟人家也是出于好心，三爷又不知道晓珊到底是个什么样的女孩儿，我只能硬着头皮听老爷子再唠叨一番。

三奶见到我们来了，很是高兴，连连招呼我们坐下。反观三爷，倒是拉了个脸，显得有些闷闷不乐。

"三爷、三奶，我和我妈看你们来了。"

"哎，你们这档子事儿，早知道我就不掺和了。晓珊那女娃和她的一个朋友这几天疯了一样半夜给我打电话。"

"给我们也打了，我给拉黑了，您也拉黑得了，这是因为她知道要上法院了，心里害怕了，年都过不安稳了，生怕过完年就被法院传唤。"

"可不是嘛！那谁叫他们不给钱呢！我们村子里这样的事儿可多了，上个月就有一家要退婚，女方不退彩礼，男方找了一帮人在她家大门口放鞭炮，没多久，女方就乖乖地把彩礼还回来了。"

"那有些野蛮了，而且我也不想在这件事情上纠缠太多，我受的磨难已经够多了，太累了！我找法院公事公办，该怎么样就怎么样，抓紧处理完就好。"

"要我说，就这么凑合过吧，离了也得再找嘛！村里那个谁，都离四五回了还是照样找，照样过日子，跟谁过日子都是过。"三奶跟着瞎起哄。

我听了这话，不知道说什么好，干脆拿起干果盘里的瓜子嗑了起来。

三爷见状，拍了下大腿："还有一个办法，我认识一个写状子的人，特别在行，给1万块钱，人家能把你的彩礼和首饰全都要回来。"

"三爷，您的好意我心领了。我想好了，就找法院，再也不折腾了，就这么着吧！"我停下嗑瓜子，眉头紧锁地说道。

"那写状子的人在哪儿？我们去找下。"妈妈这时候突然来了精神。

"都到这个份儿上了，你还要管？还要替我做选择？那你自己好好找去，我就找我的律师！"说完我头也不回地打开门就走了。

出来后，我暗暗松了一口气，前面我确实有点生气了，但还不至于在三爷家控制不住自己，他们几个人才像一家人，我是真不想待在这儿了，刚好借故生气提前离开，出来透透气。

随着我一脚油门，音乐响起，我快速地开车离开此处，开往常去的几个地方散散心。没过一会儿，三爷的孩子，也就是我的表叔爸打来了电话。

"阿兴，你在哪儿？咱们聊聊。"

"表叔爸，我心情不畅，出来转转。"

"你到哪儿转去啦？我过去陪你。"

"表叔爸，谢谢您。我想一个人静静，转完就回去了，咱们改天再聊吧。"

"那好吧。"

到了第二天晚上，我正在家吃饭，突然响起敲门声。没想到竟是表叔爸，他提了两箱饮料，说是过来拜年。我去厨房拿了茶杯和筷子，妈妈则称有事要出去一趟，让我们好好聊聊。

我无奈地看着眼前这个说客。接着，我同他谈古论今聊了起来。还别说，表叔爸不愧是当老师的，在这个大家族里，也就这个亲戚还算有点儿水平了，道理能听明白，有些深层次的话题也可以聊得来。我顿时对他有了不同的看法，愿意跟他深入交流一番。

"阿兴，我是第一次跟你畅聊，对你有了全新的认识和了解，我对你就一个评价，你是个明白人。我觉得你在这一次情感失利后，肯定不会降低标准，反而会提高标准。"

我点点头，说："前任女友、前妻和我妈都有一个共同点，那就是强势，以自我为中心，很少考虑别人的感受。我受够了！简直就是一个怪圈，就没有正常的吗?! 我这次要找个跟我同类的人，找不到合适的单身一辈子都行。"

"在红河区跟你匹配的肯定没有，只能到大城市找。趁年轻去大城市闯一闯，我个人是支持的，但我建议你不要把工作辞了，弄个停薪留职什么的，给自己留条后路。"

"表叔爸，难得跟您聊得投机，我就直言了！此次去西安发展，我是抱着接受失败、不怕失败的态度去闯荡，即便失败了我也不愿意再回来了。我是一个健全的人，怎么都不会被饿死，我首先想要的是健康地活着，然后在健康地活着的基础上实现自我价值。咱们这里的环境就像鱼缸里的水一样早已混浊不堪，一些低俗的东西倒成为大家追捧、夸赞的，那几句常用的圆滑世故的交际语一个个练得跟复读机一样顺溜，即便有再多的掩饰也抹不掉内心的扭曲和压抑。当你摘下人格面具时，众人会觉得你不正常；可当你跳出来时，你会觉得环境不正常。我是铁了心不在这个地方待了，既然不待了，还留什么后路呢！"

"那辞职的事情，你可以跟你妈妈好好说嘛。"

"你有所不知啊！这么多年来，无论大事还是小事，我方法用尽，不管是讲道理还是吵架都没用！就拿我婚姻这件事儿来说吧，这都什么年代了，还包办婚姻呢！一个以自我为中心、控制欲很强的人根本不会换位思考，你让我怎么跟这样的妈好好说？就没法好好说！只能出此下策，这是没有办法的办法了。以我现在的处境，也只能走这一条路了，这条路对我来说既是活路也是通往理想的道路。"

"好吧，还有个现实问题，虽然现在疫情封控解除了，但新冠病毒尚在，而且外地的病毒跟咱们当地的还不是一个毒株，你现在出去受感染的概率很大啊！"

"这一点我想过，不仅可能受到感染，病危的可能性也是有的。可即便如此，我也愿意冒这个险，与其在这儿窝囊一辈子，一眼望到头地等死，还不如放手一搏，好好拼一把，赢了算我赚了，输了我也认了，永不后悔！"

"既然你下了这么大的决心，我就不多说了。时候不早了，临走前，我再啰唆一句，我知道以你的个性肯定会选择破釜沉舟的方式，换作我的话，我会给自己留条后路，我希望你能再考虑考虑，也祝愿你能够实现自己的理想。"

"好的，多谢。"

过了数日，晓珊把她的东西都拿走后，我将房子挂到了房屋中介，为去西安发展准备好资金以及下定一去不复返的决心。

单位方面，我将自己负责的党支部工作循序渐进地交接给一位新来的同事，并向相关领导汇报了自己已经干了三年多党务工作，按规章制度是应该换届了，而且新来的这位女同事工作很细心，肯定会比自己干得更出色，由此建议把我换下去。经过沟通，我达到了目的，很快把党务工作交接给了新同事，接下来就等着正式上会即可。

在这新的一年里，公司一把手朱总被调离，石经理坐上了"宝座"，新的一轮公司改革拉开了序幕，曾经大气都不敢喘的一些人通通跟着新领导扶摇直上，变得威风八面！我所在的部门就有这样一位40多岁的肥胖油腻的老王，他平日里蹑手蹑脚地小心做人，说起话来却又废话连篇，没人愿意跟他多说几句话，甚至有时看到了都有点倒胃口。就这样一个人人不待见的老王，没有后台，没有能力，只因刚来公司跟着石经理，一直抱着这位领导的大腿，现在总算熬出头了。

这家伙一上来可不得了，每天开完晨会后就给我们开小会，芝麻大点的事儿都能讲一大堆话，仿佛憋了十来年的话终于有地方说了，终于没人敢挥手打断他速速离去了。这老王过足了嘴瘾，当然还要过官瘾。我们部门加上他自己的办公室共三间，每隔一会儿他就来视察一番，就算大家伙儿干完手头工作抽空玩手机或看一会儿书都不行，有时他一待就是一两个小时，嘴里还不停地絮叨。他吹嘘自己当年在外跑销售的时候工作能力多强多强，然后数落我们几个人的业务干得有多差劲，仿佛全公司就他能力最强，就他是凭真本事上位的。我心里感叹，他这张碎嘴比上一任领导还要有过之而无不及。我也是倒了八辈子霉了，尽遇到这些人，不仅要天天迎合着听他说废话，还耽误我看书写作。

在供销公司升职基本上靠关系，肚子里有墨水的没几个，就说上次那个党委书记吧，最早是司机，专门给一把手开车的，后来一步步升上来了，在人情世故方面真算得上是出类拔萃了。可到了会议上公开讲话的时候，他照着念都能把字念错，而且每次都是这样的，一点都不觉得难为情，大家也见惯不怪了。

即便是这样厚着脸皮的官儿，也没像老王这般模样，大家工作干完了还要去听他讲废话，简直要命，让人有种大好青春年华被浪费掉的感觉。

我每每见他进门，便找机会开溜，天天被他这么絮叨非抑郁不可。我有时在计算机上写文章会打开另一个文件，以便他突然出现的时候可以及时切换过来。为了不浪费时间，我一边装着听他讲话，一边思考文章接下来该怎么写，想好后在键盘上敲打一番，只要他起身我就切换页面，好几次他想看我在干什么，均无功而返。后来，我在办业务签字等待时，也会掏出手机在备忘录里争分夺秒地继续书写。

我就在这样情感波折不断、家庭压抑束缚、单位乌烟瘴气的情景下完成了自己的处女作《成长》。写完后，我终于如释重负，可以轻装前行了。《成长》对我而言，既是一种精神的支撑，又是一个沉重的负担，越往下写，我越感觉自己快承受不了了。

这天，我拜访了自己的忘年之交张叔，想请他给《成长》一书修改指正一番，并说明了去外地发展的想法。没想到，多年来一直支持我的张叔，这一次站到了反对的立场，以至我到了西安后他还苦口婆心地劝我留条后路，即便我说得有道理，他依然坚持自己的观点。我们第一次有了分歧，但并不影响彼此之间的深厚感情。我明白他是为了我好，我也十分尊敬和感谢他，在这样一个思想落后、从众心理严重的小地方，张叔当属"人杰"。

拜别张叔，我又约了好友小军，做了临走前的辞行。他同样表示反对，与我展开了一场辩论，试图说服我不要一意孤行，也被我反驳并回绝。最后，他希望我三思而行，若真下此决定，出发前一定要告知他，好再见上一面。我俩握住双手，内心多有不舍。我和小军既是大学同学又都在煤矿工作过，他为人敦厚实在，帮了我不少忙，是我在红河区联系最为频繁、关系最好的同龄朋友，我对他的品行和工作能力都很认可。

当我联系完两位不同年龄段的挚友后，又回到了"围城"里，一边等待房屋中介的消息，一边时刻准备着动身离开，去往可以活出自我、实现自我价值的地方。

在等待的日子里，我本应该轻松很多才对，毕竟书也完成了，已经没什么事儿了。可没过多久，我在办公室里竟如坐针毡！以前不管手里的活儿多还是少，我都会忙里偷闲写上几笔，可现在写完了，我竟然不知道自己该干啥了。活儿总有干完的时候，其他人要么唠嗑要么玩手机，我则没什么可玩的，就只能找关系较好的同事唠唠嗑，可也不能太频繁地过去找他们。我第一次在这个环境里有了急躁不安的感受，我认为自己是在浪费时间、浪费生命，甚至有种快要窒息的感觉！

一时之间，我突然想起自己还有五天公休，何不先去趟西安呢？想到这里，我立刻办了公休手续。虽然我才学会开车半年多，而且从来没有跑过长途，但还是毫无畏惧地怀着激动的心情一脚油门直奔西安……

我从西安回来后，房屋中介随即联系我，一连谈了好几个买家，最终以我定的最低价成交。我办理好房屋手续，就立马向公司人力资源部递交了辞职报告。

"阿兴，你考虑清楚了吗？家里人同意吗？那边的工作说好了吗？"

胡部长手拿辞职报告，惊讶地看着我三连问。

我连连憨笑回应："是的，家里人同意，工作也说好了。"

"哦，都安排好就行。现在新的领导班子刚成立，正式上会可能还得一阵子，你先去忙你的，等上完会我再叫你过来办最后的手续。"

"好的。"

下午，我过来收拾办公室的东西。对桌新调过来的跟我年龄相仿的小李突然说道："兴哥，这是要另谋高就啦？"

我笑眯眯地回复："你怎么知道？"

"那要看消息是从哪儿传出去的喽。"

"哦！"我想起人力资源部有个年轻干事和小李关系密切，应该就是他。

"你密谋多久啦？我感觉自己就是一个傻瓜，和你在一个办公室，就坐在你对桌，却不知道！"小李握紧拳头，神情看起来很是自责，甚至还有一点气愤。

他那架势可把我逗笑了。这小李是老王的心腹，平日里很喜欢向老王打小报告，包括我在干什么。记得我刚写完书那会儿，也就不藏着躲着了，明摆着让他发现，小李知道后果然转身去了老王办公室。没一会儿，老王便请我过去上"思想政治课"。

我心想：像你这种耍小聪明的人太多了，有关辞职的事情，我是到最后一步才露馅的。而写文章的事儿，我要是不想让你知道，你也是不可能知道的。

接着，我又笑了笑，上前拍了拍他的肩膀，安慰道："又不是什么大不了的事儿，你现在不是也知道了吗？小李，我收拾完就走了，你多多保重。"

"兴哥，虽然我们共事的时间短，但好歹也在一个屋檐下一起工作过。祝你前程似锦！以后混得好了，别忘了小弟啊。"小李笑呵呵地伸出手来。

我握住他的手爽朗地说："好！也祝你早日平步青云，事业有成！加油。"

忙完单位上的事情，我将行李又检查了一遍。第二天早上起

16

来，我看着马上退休的妈妈，平静地说："妈，我去西安了，我请了三个月的假，三个月之后就回来了。"

她听完瞬间流下了眼泪。

"别哭了，我又不是不回来了。"我有点无奈地安慰道。

"我知道，我就是难受得很。"

"那您好好照顾自己，反正您快退休了，单位也不怎么管您，您想干吗就干吗。"

我望着她，停顿了片刻，说："我走了！"

新
生

我开车拉着一车行李直奔西安，到达住宿时已到晚上。我望着窗外灯光璀璨的高楼大厦，那个一腔热血、意气风发的我又回来了。想到明天要去西安的一所心理学院学习，我竟有种重返大学校园深造的亲切又激动的感觉，此时的我就像一匹脱缰的野马，内心深处的激情再次被点燃了。

当我在西安安顿好，越来越多的人知道我离开了单位，电话、微信消息也相继而来，就连平时没什么交集的同事都好奇地打来电话，问东问西之后，又劝我别想不开，好像我要去的是一条绝路一样。我无奈地给他们一一解释，然后继续前行，开始了心理学的学习之旅。

　　过了几天，学院举办"团体沙盘"的沙龙活动。现场来了十几个人，组织活动的张老师规定四个人参与体验，让大家抓阄来决定。我很幸运地拍中了，并和三位同学围着沙盘站在一起，其他没有抽上的人则在我们身后进行观看。

　　"大家先用手去触摸沙盘里的沙子，感受、感受。"张老师指着沙盘对我们说道。

　　我们四个人纷纷卷起袖子跃跃欲试，有的人略微感受了下就将手抽了出来，还有的人像搓麻将一样大幅度地体验了一把，我的手塞进沙盘深地，则有一种说不出来的放松感，我已经好久没有这么放松了，感觉我整个身体都放松了，心也静了下来，我很享受这难得的放松感。过了一会儿，我闭上的眼睛逐渐睁开，看着那双静静躺在沙盘上的小手，有些恋恋不舍地将手缓慢地拿了出来。我想，应该是我长期挫折不断，神经紧绷着，所以平时很难得到放松，这片刻的放松，对我来说是多么难得啊！

　　接着，张老师问了我们触摸沙子的感受，便开始切入正题："它的名称就叫沙盘，一般木制沙盘尺寸为 51 厘米 × 71 厘米 × 10 厘米，沙箱内侧底部和边框均刷成蓝色。当沙子被挖开或推向一侧时，露出的蓝色部分代表的是江河湖海或者浩瀚天空。你们可以从右边的木架子上随意挑选可以表达自己内心的玩具模型，然后摆放到沙盘中，创造自己的小天地。

"我们运用沙盘和玩具模型对解决问题很有帮助，沙盘就像一座心灵花园、一个展示来访者内心的容器，把内心压抑的、想表达的释放出来，使来访者的自我治愈力得以发挥，更好地打开自己和处理问题，由此达到心理治疗的目的。每轮每人做一个动作，途中可以选择放弃也可以选择挪动他人的玩具，但不可以将他人的玩具拿出去，一共进行 5 次。大家都听明白了吗？"

"嗯，明白了。"我们四人点点头。

"好的，下面的时间属于你们，去做吧！"

我们纷纷来到摆放玩具模型的木架子跟前进行挑选，木架上有各式各样的玩具，包括动物、建筑物、交通工具、花草、人物等。大家挑选好后，按抽签顺序依次将玩具放入沙盘里。每进行一轮，在一旁拿着本子记录的张老师则会提醒到第几轮了。

"现在，请各位说一下为什么选这些玩具，想表达什么或有什么感受？从小花同学这边开始。"

"我摆放的第一个玩具是穿着比基尼的女生，躺在沙滩上，惬意地晒着太阳，她仿佛代表我自己一样，我很喜欢这样的生活；第二个玩具是背着画板的帅气小伙儿，很有艺术范，我把他放在我眼前，边晒太阳边看着他，好赏心悦目啊！"

小花同学说到这儿时，大家发出一阵哄笑。

"哈哈，倒也符合处于花样年华的你，请继续。"张老师跟着打趣道。

"嘿嘿，好的。我溪放的第三个玩具是二层小洋楼，当我玩累了可以到房子里面去休息。既然有了房子当然也得有人，所以第四个玩具是一对男女坐在石凳上欣赏着左上角的海景，这也就是我和我的画家男友啦！"

众人又发出一阵咯咯的笑。

"我最后一个玩具选择了一对坐在椅子上的老人，觉得房子里还需要有老人坐镇，这样家看起来才更完整。"

大伙儿点点头，认为是这个理，感觉很美好。

"小花，给你制作的沙盘起一个名字吧。"张老师说。

"美好家园！"她笑容满面地说。

"嗯，很好的名字。阿兴，请讲讲你的作品。"

"好的，张老师。其实，我在选第一个玩具时比较犹豫，这么多玩具当中最吸引我的是那座贴着对联的房子，因为我很渴望有一个温暖的家，可现在这个理想似乎离我很遥远，便选择了这枚小小的、圆圆的红色果实，觉得它很好看。"

周围变得安静了。

"我选的第二个玩具是椰子树，也是因为觉得挺好看的；第三个是小白兔，我以前养过小兔子，感觉它们性格很温和，我很喜欢；第四个是蓝色的小轿车，它代表着我的独立空间，以前我在单位和我妈那里饱受煎熬后，便来到自己的车里，一边放着歌曲一边往前开，虽然行驶的路程短，但却会给我带来放松和舒适感，能让我短暂地喘口气，而且驾驶的感觉也挺不错；最后，似乎没有我想要的了，就挖了两条河流。至于给它起个什么名字，我还没想好。"

"阿兴，你是一个执行力很强，同时还有强迫倾向的人。看看你摆的玩具模型，跟大家摆的有什么区别?"张老师点评道。

"哎呀! 还真是，摆得好整齐啊!

"嗯! 四个玩具并排在一起。"大家你一句我一句地抢答。

我动了动嘴唇，却没有作声。

张老师接着说:"你选的红色果实代表着成果，还有那棵椰子树，你在所有树木里唯独选了一棵最高的，这些都代表着你有很强烈的成就动机。"

"那小白兔、小轿车，还有河流呢?"我顿时来了兴趣，大伙儿也一个个转过脑袋看向张老师。

"兔子和汽车代表你既有力量又有温柔的一面，河流则代表你想与众不同，跟别人不一样。"

我再次沉默地看着沙盘。

"感觉他跟第一个同学做的沙盘有很鲜明的对比，小花同学明显是从小在一个幸福的家庭里健康成长。"一旁的同学不由感慨道。

"好了，就先分析到这儿。加油，小伙子！下一位。"

"谢谢您！"我随手拿起手机拍摄，留下这有意义的第一次沙盘体验，希望下次再做时，我会有一个新的突破。

我自从跟晓珊分手后，身体一直不太好，主要是因为有长达半年的时间没有深度睡眠，没休息好造成的。我在与她相处的过程中，两个人的生活作息、价值观等相差太大，她习惯熬夜追剧、玩手机，我习惯早睡早起、晨跑锻炼。为了哄她、陪她，我不得不跟着她的节奏走，可跟了一段时间，我就跟不上了，她白天可以补觉，我却还要上班。因为休息不好，我一整天都昏昏沉沉的，甚至连力气都变小了。

有一次发洪水，单位里的年轻小伙子都扛着麻袋去抗洪，我也参与了，可没干多久，我发现自己的体力跟不上了，以致后来搬运时，我都会时不时停下来休息一会儿，旁边扛着麻袋路过的中年老哥都向我露出鄙视的目光，似乎在说："亏你一天天还锻炼着呢，年轻人居然还不如我们这些挺着大肚子的中年人。"

如今，我到西安又被新冠病毒感染，身体变得更差了，时常会半夜醒来，入睡也很困难，便在住处附近找了一家艾灸馆进行治疗。每次治疗完，我都感觉好疲乏。去心理学院上课时，只有我和坐在第一排的退休老大姐两人连连打哈欠，最后老大姐索性趴在桌子上睡着了。这位老大姐退休了还能坐在第一排充电学习很难能可贵，她困乏是因为年龄大了，这也在情理之中，而我才32岁就精力不够用了，还得时不时去洗手间给脸上拍点水，清醒一下，才能跟上课程的进度。

不知不觉间，基础培训课程即将结束，我将迎来考试。说起考试，我以前可是最讨厌、最害怕它了，是还没开战就会先乱了阵脚的那种。没想到现在反而倒了过来，可劲儿地学习，可劲儿地进行模拟考，一点都不害怕考试。

我想，主要有两个方面的原因：一方面是我喜欢心理学，热爱心理咨询这份职业，愿意往里面钻；另一方面是我抱着不怕失败、接受失败的决心选择了这条道路，勇往直前就好！

就这样，我开始了争分夺秒的复习。每一周，我依然会根据学院的课表按时去上课并参加一些沙龙活动。在临近考试的前一周晚上，我有幸听了一场线上直播的主题为"高考压力缓解"的讲座。于是，我根据里面的核心内容之一，逐渐减少学习任务，到临近考试最后一天，完全放飞自我，下午还去看了一场电影，感觉棒极了！

考试当天，我身体仍然有些不适，甚至有些头晕，但我内心是放松的，没有一点焦虑，最后以 85.8 分的成绩成功通过考核。我挺高兴的，毕竟一道关卡过去了，可以节省不少时间，好继续去实现下一个目标。

我感悟到，考前的压力除了来自家庭方面以外，再就是太看重考试了，太想考好了，引起不良的心理反应，这反而容易发挥失常。如果没有那么看重，只是出于热爱，有学习的兴趣，有即便考不上还有下一次机会或做好接受失败的心理准备，这样就会有一颗平常心，学习会变得更积极主动，考试也容易超常发挥。

同时，我还想起曾经在学校参加演讲比赛的情景，我在台下练习时状态很好，可上了台却接连失误，出现结巴、忘词等状况，始终不如练习时的效果好。直到在学校的最后一年，我不再抱着赢的想法，而是抱着热爱的心态去演讲时，终于迎来了四年里表现最为突出的一场演讲。我就像台下练习时一样很自然地娓娓道来，我第一次从观众的眼睛里看到他们在专注地听，感到他们喜欢我的演讲，我内心感到高兴和满足，也为我的大学生活画上了一个完美的句号。

　　俗话说："树挪死，人挪活。"环境可以改变一个人。我将在这个新环境里，在人生的黄金时期——青年时期获得新生。加油！曙光在前，那坚不可摧的精神力量使我有不断向前奔跑的勇气和动力！

一场公开咨询

　　我自从听了李老师的"高考压力缓解"的讲座并从中受益之后，只要有没听过的讲座我都会积极参加。

　　过了几天，学院的课程顾问华老师联系我，称有一个心理咨询的实操演练，属于公开性的，就在教室里进行，台下会有很多学员观摩学习，可能会涉及个人隐私，问我愿不愿意当来访者体验一下，咨询师则由学院的白老师扮演。我想，这也是一次难得的锻炼和成长的机会，于是爽快地答应了。

　　到了公开咨询演练的那一天，我刚走进教室，华老师将我拦住，并递给我一个口罩。

　　我连忙挥挥手，洒脱地笑道："谢谢您，我用不上，没事的。"然后，我便从人群中径直走到离讲台近的一个空位坐下。可刚坐下不久，困意就来了，这么长时间以来，我还没有睡过一个好觉，状态有些不佳。

此时，白老师也走了上来，顺手将两把椅子呈 90 度摆放到讲台上，还分给了我一个话筒，并好心嘱咐我过一会儿不要被台下的人影响了，就当他们不存在。

等上课时间到了，白老师向大家做完介绍，就让我上台坐到椅子上。我眨巴眨巴眼睛，提了提神，将精力全集中到这次咨询上。

"你好，阿兴。初次见面，很高兴认识你。请问你之前有没有做过心理咨询？"

"您好，白老师。我也很高兴认识你。我做过一两次心理咨询，是在我的家乡红河区。"

"当时是出于什么原因去咨询的呢？"

"我和我的母亲，我们的关系很不好。"

"可以具体说说吗？"

"她很爱管我，对我从小管到大，无论是小事还是人生大事无所不管。她不顾及我的感受和需求，只是在做她认为对的事、她认为对我有利的事情。为此，我们经常吵架，我的婚姻和事业都被她干预得一团糟，我还因此进入了一次幻境。"

"幻境？"

"是的。那时候单位出了一些事，我恰巧遇到一个比较投缘的朋友，便把自己的经历讲给他听，我们聊了很长时间，从白天聊到黑夜，双方都很动容。由于那是我第一次将自己完整的故事说给他人，晚上睡觉便梦到了不好的往事，最后竟哭醒了。

"醒来后，我去洗漱，发现自己变得特别消瘦，尤其是镜中的那张脸，看起来很明显。我瞪大双眼，震惊地摸着那张脸，穿了外套便往门外走，到人工湖边溜达，并打开手机随机播放歌曲来平复心情。可当我听到一曲《赤岭》时，我那伤透了的心变得更加难过。然后，我逐渐想通透了、放下了，那首听起来让人感到悲凉的歌曲又变得那样柔和，我的心也跟着平静了。接着，我感觉自己变成了一个戴着白色面纱的女孩儿，身上似乎散发出点点闪光，眼前的湖面上也显得璀璨明亮。我正看得痴迷时，一群小飞虫朝我而来。我见状便离开了，没想到它们居然跟了我一路，我赶忙跑到楼下，飞虫这才慢慢散去。回到家中，我的脸竟恢复了曾经的模样，我大感神奇。后来，我学了心理学，才知道自己变瘦的现象叫'感知综合征'。对了，白老师，我是不是话太多啦？"我有些尴尬地笑了笑。

"没事，没事。话不多，你继续，我在认真听。"

"嗯，由于那时工作的事、家庭关系、个人情感都凑到一起了，巧合的事情接连不断，还都挺有逻辑性，我也因此不知不觉地进入了幻镜，加上有了那次心理咨询的介入，本就处于高敏感状态的我情况变得更加糟糕。我当时感觉所有人都是演员，都是假的。我对谁都不信任，就像电影《楚门的世界》一样，好像全世界的人都在教我怎么做人，都在试探我的能力。现在回想起来，那时是很危险的！因为我有了幻听等精神疾病的症状。"

"这些症状持续了多长时间？"

"一周多。幸好我在单位打扫水池时，边打扫边领悟，直到我看到焕然一新的水池被清澈的水装满后，才清醒过来。"

白老师有点吃惊地继续问道："听起来大家都很认可你，你喜欢这样吗？"

我眼神坚定地看着他："我一点都不喜欢，我不喜欢被安排，我要凭自己的本事闯出一片天！就像此时的我卖房卖车，辞去'铁饭碗'工作来到这儿一样！"

白老师不由得将身子往后靠了下，又瞄了一下讲台下的学员，然后头部带动上半身向前倾斜过来："你认为进入幻境的根源是什么？"

我靠着椅子思考了一下："是我妈，是我的原生家庭。"

白老师点点头："那你们现在相处得怎么样？"

"前不久的元宵节，我回去了一趟。在出发前我还犹豫要不要回，我内心充满了矛盾，既想陪她过个节日，又害怕再起冲突。我是在痛苦挣扎、纠结万分的情况下回去的，结果还是不欢而散。没有人愿意吵架，我太了解她了，可她一点都不懂我。无奈啊，无奈！"

我别过头去，眼睛瞬间泛红。然后，下一秒又迅速调整状态，转过脸接着说："我的睡眠一直不好，即便做了治疗，也不见起色。有一次，我跟艾灸馆里的店长聊天时，她问我最近怎么样，我说入睡还是困难，她认为我心里可能有事。我回去琢磨了下，的确有件事一直困扰着我，那就是我跟我妈的关系。虽然我现在从围城里出来了，但她毕竟是我妈呀，我会挂念她，想着她过得怎么样。但每当与她视频通话时，我那矛盾的心理就会再次出现。唉！在家时，我们说话就不在一个频道，没想到视频聊天也不在一个频道。后来经过调整，我发现自己在心情不错或者身体状态还行的情况下跟她对话时，即便她还是老样子，我也不会轻易被她影响了，我们可以较为正常地、相安无事地结束视频聊天。"

"你似乎已经找到了开启这扇门的钥匙。如果对你和妈妈做个排序，你觉得谁排第一，谁是最重要的。"

我思考了一下，说："我？"

"是的，你排第一，你是最重要的，爱自己才能更好地爱他人。要成为一个慷慨的人，不要当一个奉献的人。"

我心想：好像是这么个理，只要我的状态好了，情绪就会更稳定，不易被外界所干扰，与妈妈沟通时，才能正常进行。反之，我的状态不好或一般，对方无变化，情绪那团火还是容易被点着，这就是身心一体。

"好的，我明白了。"

"星星之火，可以燎原。这需要一个过程，祝你好运！那么，我们今天的咨询就结束了。"

"好的，感谢您！"

我们起身互相握了手，静悄悄的台下此时也响起了掌声。

"感谢阿兴面对这么多人，在这样一个公开的场所进行咨询，挺为难他的。当然，我也不容易，一边投入进去'共情'，一边还想着保护好他的隐私。不管怎么样，这场咨询非常精彩，我想大家都会有深深的感触吧！我们先休息一会儿，等下回来再说。"

众人连连点头，望着我，再次鼓掌。

白老师从讲台下来后，低声对我说："没事吧？"

"没事，谢谢您。"

"现在还是单身吗？有机会再找一个。"

"哈哈，我想先把事业干好，等稳定了再找。"

"好的。"白老师拍了拍我的肩膀。

旁边的女同学递给我一杯热开水，我意外又感激地把这份"温暖"接了过来。

我喝了没几口，突然一只手拍了下我的肩膀，并说了一声"优秀"，然后头都没回地走了，只留下一道背影。想必这场咨询也牵动了她的内心。

就在我望着她的身影时，另一只手又拍在了我肩膀上。我不由回过头去看，只见一个阿姨朝我勾了勾手，我脑子里瞬间打了一个问号，她见我没反应，便上前对我说："小伙子，你过来一下。"

我们走出教室，来到没有多少人的过道处。

"小伙子，是这样的。阿姨有个儿子，跟你年龄相仿，他毕业后工作了一段时间就在家里待着不出去了，已经很长时间了，也出现了一些心理状况。我带他看过心理咨询师，没有什么效果，本想再找个更资深的咨询师看看，可他说什么都不再去了。"

"那他为什么变成这样？"

"因为我对他的教育方式、相处模式，就跟你妈对你一样。只不过，他没有你那么上进、那么有勇气。我想，你和他年龄相仿，他会容易接受些，由你来帮助他再适合不过了。"

"啊?!"我一下明白了，我能深深地理解他了。

接着，阿姨一直在我耳边述说着她家的情况，我认真地听着，可听着听着，我就跟不上了，大部分内容已经装不进去了。最后，我们留了各自的联系方式，她接着听课，我则回去休息了。

每当我学了新的知识，总有机会进行实操训练。比如我去做治疗的艾灸馆，没去多久我便和那里的工作人员打成了一片，其中与我关系最好的双双姐，我会经常拿她练手，她也很信任我。

"双双姐！"

"你来啦？"

"嗯。"我将手提包放到椅子上。

"你先坐一会儿，我去给你收拾个包厢。"

"好的。"我自顾自地倒了杯水喝了起来。

没过一会儿，我跟着双双姐走进了包厢，她准备给我做艾灸治疗。

"双双姐，这几天怎么样？跟你们家的两个男人相处得怎么样？"我笑呵呵地说道。

"唉，别提了，昨天就因为收拾玩具的事情，爷儿俩闹了别扭，我去调和也没用。"

"你具体说说。"

"孩子在客厅玩玩具，搞得到处乱七八糟的，最后还不收拾，他爸就冲孩子吼了一声。事后，我安慰孩子，说爸爸是为了他好，吼他是因为爱他，可孩子却不理我。"

"肯定不理你啊！我知道你是想让他们父子和睦相处，可孩子虽然年龄小，但智商是没问题的。他爸爸凶他，给他的感受就是不好的，就好比有人给了我一巴掌，我不应该难过和愤怒，反而要有高兴的情绪，本来是需要安慰的却变成了洗脑，明明是不好的感受，却以爱的名义来改变他的想法，孩子作为一个正常人，是有正常的感受的。你在他耳边洗脑，他是能分辨出来的。"

双双姐没忍住笑了起来："孩子每次不听话，他爸便非打即骂。我给他爸说了，不能这样教育孩子，他爸却认为我那一套孩子根本不听，只有来硬的才有效果，搞得父子俩关系一直不太好。孩子平日里都很少说话，光黏着我一个人。我也挺烦的，忙了一天了，下班还得陪他玩。"

"这孩子多可怜啊，挨完爸爸训后，家里脾气稍微好些的妈妈，还不情愿把时间分给他。你们不仅是教育方式不对，而且教育态度也有问题啊。这个年龄的孩子是需要无条件陪伴的，是需要安全感的。父母二人，一个不愿意陪，一个非打即骂，长期下去，这孩子会自卑胆小，难以健康成长。"

"你太懂我娃了，确实是这样的。我感觉你比我还懂他，他现在上幼儿园就已经有些胆小了。有一次，大班的小朋友把他推倒了，他跑回来哭着给我说呢。"

"那你是怎么给他回应的呢？"

"我说，你怎么能让别人推你呢？下次再有人推你，你就跑！"

我听了后，气得拍了下自己的脑壳："我的双双姐啊！他的胆小就是你培养出来的。孩子找你诉说是为了寻求安慰，结果你倒好，先是数落一番，然后教他逃避。他的人生还很长，以后一遇到困难就逃避吗？你这样会把孩子带偏的！你只要安慰他一下就好了，办法让他自己找，就跟女人回家给自己男人诉说委屈和不开心的事一样，说出来就好多了，他要听的并不是别人教自己怎么办。你要做的就是成为一个倾听者、一个陪伴者，安抚他幼小受伤的心灵，让他知道你时刻都在背后陪伴支持着他就够了，你要理解他，知道他的需求是什么，他的感受是什么。你要相信他，相信他有解决问题的能力，他自己会想出办法来的。不要控制他怎么做，而要在他身后轻轻地推着他，给他力量和支持，到他需要帮忙的时候再推一把就可以了。"

"哦，我知道了。这么一说，我确实不应该让他逃跑，要不然遇到别的事情也就跟着逃避了。我应该好好安抚下他。可是，他有时候笨得很，尤其是跳舞，肢体老是不协调，学了几次还是那样。"

我气不打一处来 "你不要以成人的眼光去看待他，他毕竟是个孩子，同样的事情成年人跟孩子做起来肯定是有差距的。而且每个人是不一样的，都有自己擅长的和不擅长的。最重要的是，你要多鼓励他，不要老觉得他笨，孩子是能感觉到你对他的态度的。"

双双姐捂住想笑的嘴，连连答应。

"还有，你是不是从小也缺乏安全感，有些胆小？"

"是的。在我小的时候，家里人都忙，很少有人管我，导致我在学生时期比较胆小。"

"嗯，那就是因为家人的陪伴支持少，你缺乏背后的支撑力量。你的原生家庭影响了你，你现在又无形中影响了你的孩子。你丈夫肯定也被他的原生家庭影响过。"

"是的！他跟他爸关系可不好了！几乎都不说话，他爸在他小时候对他就是拳打脚踢的。"

"你们两个再不改变，就会把孩子带偏。上一代的教育模式将会复制粘贴，一代代传承下去，除非有人醒悟，否则那是很可怕的！"

"那咋办呢？我给孩子他爸说了不管用，他不听我的，觉得孩子不听话就得打，打了就听话了。"双双姐焦急地看着我。

"有时候，打骂或吼叫是会让孩子立刻服从，但效果却是短暂的，随着时间的推移，它会把关系中的亲密和信任消磨掉，和孩子立刻服从相比，家人之间更需要的是亲密和信任。虽然打骂或吼叫有时更有效，但我也觉得不值得那么做，因为它给亲密关系带来了很大的破坏。"

"对待孩子要讲究方式方法，比如任何一件事都有两面性，不管是积极的还是消极的，都能从另一个角度来看问题，所以每当孩子做错事时，先别着急评判，一上来就发火，要从积极的角度想想，多倾听孩子的心声，认可孩子做得好的一面，再告诉他需要完善的地方，这样的沟通和引导，他会更容易接受。你们夫妻之间遇到矛盾时也可以用这种方法。当你老公看到你教育孩子有效果后，也就没话说了。记住，自爱自觉，心中有爱！等你治愈自己后，再去温暖你的丈夫，一家人和谐美满，多好！"

"心中有爱。"双双姐握住双手，一脸笑容地望着前方，仿佛在看着那未来的美好蓝图一般。

"是的，心中有爱。加油。一定会实现的！"

"真好！感觉你的建议已经超出了你的职业范畴了，已经上升到大爱了，你真厉害。"

"很多东西都是相通的，心理学看似神秘，实则和我们中国的传统文化有很多相似之处。当然，我们也要虚心学习，把中西方的知识融会贯通，把复杂的东西简单化，结合实际进行运用。"

"嗯嗯，说得很有道理。那我应该先从哪儿入手呢？今天的内容太多了，我一时消化不了。"

"先从你意识到不对的地方做起就好。"

"好的，那你先躺着艾灸，休息一会儿，我出去了。"双双姐高兴地离开了房间。

看着双双姐这么高兴，我也很开心！我面带微笑，慢慢闭上了双眼。这时，大脑和身体都可以休息休息了。

广州行

不知不觉，我来到古城区已有三四个月了。这段时间过得很累，有种马不停蹄的感觉，过几天又要去广州学习。于是，我想在出发前去放松放松，便来到附近的一家足浴店。

当我选好项目，躺在电动沙发上看着电视时，屋外响起了敲门声。

"请进！"

"您好，先生。我是68号，很高兴为您服务。"

"您好。"

我转过身打量了下这位姑娘，好标致的瓜子脸啊！眼睛大大的，笑起来会有两个浅浅的酒窝，像盛开的桃花一样美。她虽然有点偏瘦，但身材比例很协调，一头乌黑的秀发披散下来，好似画中的东方美人。

"你的工牌号好吉利啊，咱们中国最讲究的两个吉利数字都凑你这儿了。"

"哈哈，是挺吉利的。你是哪儿的人？"

"我是甘肃的，你是哪儿的人？"

"我是渭南的。那你怎么来西安啦？你是干什么的呢？"

"因为这里有更多的选择。我本来在一家国企工作，辞职后来到西安学习心理学，准备从事这一行。"

"哇！这需要很大的勇气呢！那你看看我有什么问题。"

"哈哈，心理咨询没那么神奇，我得跟你聊一会儿才知道。有什么困扰你的事情吗？"

"我爸妈重男轻女，从小到大只关注我那哥哥。长大后，我赚了钱拿给他们，他们才稍微对我有了些关注。所以，我现在的价值观就是以钱为中心，这正常吗？"

"我听出你渴望得到父母的爱，也想好好孝敬他们，认为用钱可以换来爱，感觉爱是有条件的。"

"是的。"

"看来你还缺少安全感，过于追求物质很可能影响到你的伴侣关系。"

"嗯嗯，我是'恋爱脑'。上一个对象是做销售的，他属于今朝有酒今朝醉的那种人，满足于现状，一点都不上进。我早早就步入社会了，想赚很多钱，让自己过好些，让家人过好些。那时候，小小的我就明白我只能靠自己。"

我听到她最后一句话时，不由得有些吃惊，记忆中无数个瞬间片段随即浮现在我的脑海。

接着，我一脸认真地看着她，说："你让我想起了往事，我跟你一样很早就步入社会，当时也认为只能靠自己！"

女孩儿点了点头。

"我叫阿兴，还不知道你叫什么呢。"我突然感觉她跟我很像。

"我叫果果。"

就这样，我们相识了，聊得越来越投机，点钟的时间很快就到了。

临走前，我们相互加了微信。果果说我是第一个能跟她聊这么多的人，她很高兴。我也觉得很愉快，好久没这么尽兴地聊天了。

我回去之后，内心激动不已，感觉自己终于找到同类人了！

我回顾之前的情感波折，自己历经千辛万苦，接触了那么多女孩儿，除了错过的，都合不来。那时候，我就暗暗下定决心，下次一定要找个跟自己一样的人，否则宁可单身一辈子。

于是，我对果果有了好感，想进一步接触了解，我约她过几天出去玩，她爽快地答应了。

就在我以为幸福要来临时，通过查看她的朋友圈，还有与她微信聊天，我慢慢恢复了理智。果果是个好女孩儿，但她不是我要找的那个人。

虽然我们还没走到那一步，可我能感受到她对我有意思。我思来想去，还是得早点给人家说清楚，这样对我对她都好。我想，自己表达得委婉点就好，她会明白的。

这天，我专门过来找她。她见到我，显得很高兴，说怎么来时没有提前给她发消息。

我尴尬地笑了笑："这不是给你个惊喜嘛！"刚说完我就后悔了，真想抽自己一嘴巴子。

果然，她更高兴了，笑嘻嘻地坐到我旁边，挽着我的胳膊说："有个顾客给我带了他们家自己做的牛肉，我给你去取啊。"

"我不吃了，你自己留着吃吧。"

"可香了！"

"你吃吧，我没事的。"

"好吧，我听说下午阿姨要做烩菜，等到点了，我给你端一碗。"

"是你们的员工餐吗？"

"是的，阿姨做饭可好吃了。"

"嗯，好吧，谢谢。"

"嘻嘻，跟我客气什么！"果果用充满爱意的眼神看着我。

我心中暗感郁闷，但该面对的还是要面对。

我俩聊着聊着，我瞅准时机说道："果果，我发现咱俩还是有所不同的。"

"哪里不同啦？"

"你其实是一个比较强势的女孩儿。"

"我哪儿强势啦？"果果立刻打断了我的话。

"'恋爱脑'的人一般会有很强的控制欲和占有欲，而且你追求的是物质，你的前男友因为满足不了你的需求，价值观和你有冲突，没有听你的话，最终分开了。"

"嗯。"

"还有你的个性签名：'披上这件袈裟，你以后就是我的人了。'以及一个跷着二郎腿、手拿一根香烟、口吐烟圈的、紫红色长鬈发女郎的背景图片，活似一个大姐大的模样。"

果果听到这儿，扑哧笑了，一小拳头打在我身上。

"哎，如果只追求物质，伴侣之间是很容易闹矛盾的。虽然现在物质丰富了，生活过得好了，但不追求精神的话，不修身的话，拿什么沟通？再加上强势的个性，就更麻烦了，良好的沟通是建立在平等的关系上，情侣之间相处不怕有矛盾，说清楚就好，就怕不在一个频道上。"

果果生气了，扭过头，拿起电视遥控器点了下。我见状只好转移话题，反正该表达的都说了。

过了一会儿，气消了的果果拿起手机，笑着对我说："最近有个电影，听说挺好看的。"

"哦。"我装作没明白。

到了离别的时候，果果连着回头看了我好几回，想看看我看她了没有。我手微微捏紧遥控器，眼睛盯着电视屏幕，心里念叨：哎！没办法，她连容易生气的那股劲都跟我前女友一样，我打死都不敢再找这种强势又任性的女孩了！我们注定有缘无分，我必须狠下心，这样对我对她都好。

果果在门口停留了两三秒，眼神由期待变成了怨恨，然后赏然离去。

我在她眼中，似乎变得很绝情，像一个负心汉一样。可转念一想，我们还不是男女朋友，甚至连手都没拉过啊！也许是难得遇到彼此都心动的人吧。她已经喜欢上了我，而我又是一个拿得起放得下、时好时坏的男人。我带着一丝难受，回去收拾行李，准备第二天的广州之行。

我来到广州时，已是六月初，刚下飞机，就嗅到了空气中湿热的味道，便脱去身上的外套，感觉这儿的六月相当于大西北七八月那么热了。

等我挤上地铁到达培训地点的站口出来时，马路很宽阔，但路上行人却不多，不由感慨广州人都在"底下"待着呢！然后，我拉着行李箱边找地方边到处看看。当我看到一座大厦上面"南方日报"四个大字时，立马掏出手机拍了下来作为留念。

说起来我已经好久没有出来玩了，时常有种追赶时间的感觉，不过能在充电的途中看看风景也不错，尤其还是第一次来广州，我对这座城市充满着好奇和期待。

我找到培训地点后，在附近找了一家较为便宜的宾馆，又根据行程买了返程的机票。安顿好后，本想出去转转，可考虑到还有线上直播课程，便抓紧打开计算机学习起来。

到了第二天，我吃了早餐就前往培训地点。这次的培训主题是"潜意识图象卡",又称"OH卡",它分为基础卡、成人卡、儿童卡、克服卡、伴侣卡等卡片种类。OH卡与沙盘、绘画等技术一样,都是投射心理状态及内心深处的潜意识,根据引导词从卡片里把自己的想法、感受说出来,并找到解决问题的方法。

周老师跟我们讲完基础理论后,为了活跃课堂气氛,提出玩一个"找伴侣"的小游戏,问现场谁是单身的。

坐在第一排的我兴奋地举起了手:"我!我!"

大家一阵哄笑。

"哈哈,好的,你来吧。"周老师伸手示意。

"嗯嗯。"

"你先拿出成人卡,洗完牌后随意从里面抽取一张代表不适合做你的另一半,再抽取一张代表适合做你的另一半,总共两张卡牌。抽好了告诉我,我将电子版的卡牌放到投影上,好让大家都看见。"

我抽好后拿起来给周老师看,这是第一张:一个胖得脖子都被下巴挡住的油腻中年男子,皮肤黝黑黝黑的,很是粗糙,眼神有点迷离,五官都很大,大眼睛,大耳朵,尤其是厚厚的嘴唇,像根香肠一样,黑色的头发有点小卷。

"好的,卡牌里的性别和外貌不要管,你主要看性格及其身上的优点和缺点。先说说这张代表不适合当你另一伴的卡牌，她最吸引你的以及你最不喜欢的一些点。"

我看着卡牌中人厚厚的嘴唇说道："她最吸引我的是性格活泼，比较调皮，有情趣。最反感的是太容易生气了，斤斤计较！还特别喜欢玩，不喜欢学习。"

"好的，下一张呢？"

我皱着眉毛说完最后一句话后，拿起了第二张：一个年迈的老奶奶，咖啡色的鬈发搭配白色翻领衬衫，显得很知性，也很慈祥。只是那双眼睛看起来好疲惫，但坚挺的鼻梁又似乎表露出她坚毅的性格。

"她首先给我的感受是平静，她的情绪比较稳定，心智要比刚才那个成熟很多，让人感觉随和又坚强，是一个识大体的优秀女性，相处起来会很舒服。不足之处就是她太累，操的心太多了，该好好休息休息了。"

"好的，你对着这两张卡牌分别点评了她们身上的优点和不足，记住了啊！以后遇到了好识别。"

"嗯，哈哈。"

接下来，周老师又跟我们讲了其他技术，然后就让我们吃饭休息去了，下午来了直接进行实操训练。

我下午刚进教室就听到一曲轻音乐回荡在教室里，周老师说这样有助于我们训练时更容易进入状态，并让所有人自由组合，三人一组，两人假扮情侣，一人作为咨询师。

大家纷纷采取就近找人策略，很快组建了各自的小组。我跟旁边桌的一个女孩儿假扮情侣，后面坐的一个大姐则当咨询师。

在练习的过程中，我们都进入了各自的角色状态，甚至还把对方当成了前任，回忆了一些不好的情绪……结束后，我好奇地问女孩儿是在配合还是真实情况就是这样。

"我现实生活就是这样。"女孩儿点点头。

"真的吗？你跟我前女友几乎一模一样，那我和你前任男友一样吗？"

"不一样，你是我喜欢的类型。"

"啊！"我听了，有点儿不好意思地低下了头。

"真是太巧了！我以为你们在配合呢，可又看着不像，跟真的一样，太不可思议了，这就是缘分吧！"咨询师眯着眼，笑呵呵地说。

事后，我们相互留了联系方式，并在临走的前一天晚上一起吃了饭。当我送她到地铁站口时，她连续转头看了我三回，都是猛然转身调皮地向我打招呼，让我觉得她很可爱，真有点儿不舍呀。我望着她离去的背影，直到再也看不到了才离开。

　　行程随着时间一点点推进，我也在必经的路上一点点成长、前进。这段耐人寻味的神奇之旅，给我添加了美好又深刻的记忆，使我更好地向前迈进！

法院风波

　　自从跟前女友分手之后，因为彩礼的事，我请了律师，提交了诉讼请求，只等法院通知。可随着时间的推移，我时不时会有点儿担心——我外出学习的时间跟法院通知的日期有冲突，从而影响我的安排。

　　幸好我从广州回到西安没多久，就接到了胡律师的电话，说开庭时间定到了这周二的下午两点钟，问我能不能按时赶来。我连连答应。可把这天盼来了，抓紧了结吧！我再不想跟过去有任何瓜葛了，也别耽误我这边的事儿了。我挂了电话就立刻订了回去的高铁票。

　　谁料，到了那一天，我刚提着行李到高铁站取了票，胡律师再次打来电话，称女方暂时回不来，他也在跟当地法官商量看能不能庭外和解，如果能和解就不用开庭了，说让我再等等他的消息。我听后，只好去人工窗口将刚取出来的票退了，再乘坐地铁回去。

大约过了半个月，我再次收到消息，确定无误后便回到红河区。回去后我便第一时间去找胡律师碰头，看看还有什么需要注意的。

"胡律师，您好！我回来了。"我敲了敲敞开的办公室门走了进去。

"哦，你来啦。我已经跟法官沟通了好几次，对方答应调解，但出价太低了，咱们还是要做好开庭的准备。还有，你请证人了没有？"

"证人？什么证人，我不是把相关材料都给您了吗？"

"可以证明彩礼数额的证人，最好把媒人也叫上。虽然这些金银首饰有票据，但彩礼钱只有现场拍的照片，到时候开庭，万一人家赖账就麻烦了。"

"哦，好吧。我去请人。"

"嗯，周四见。"

"周四见。"

我本想只叫张叔一人的，没想到妈妈已经跟我二叔打过招呼了，还谎称刚好碰到就说到了此事。即便我再三叮嘱胡律师别让我妈知道，我要自己处理，可还是没用，她就是这么一个爱管我的人。

无奈之下，我只能出于礼节给二叔打电话说一声，二叔答应后，我又给作为媒人的三爷打了电话，结果三爷不情愿去作证，我也没有强求。

出发的时候，三叔开车，我叫了张叔，妈妈把旁边楼的陈爷爷也请上了。我感觉人多未必是件好事，有可能会把简单的事情搞复杂了，要是一个人都不用叫该多好，我跟胡律师就能摆平，又不是多大的官司。

我们到了后，发现胡律师已经到了，打完招呼，胡律师让我们在外面等一下，他先进去看看。

过了一会儿，前后两辆汽车开了进来。是晓珊带着她妈、她三婶，还有她哥来了。

俗话说，"仇人见面分外眼红"。没想到，我们会走到这种地步。他们的车刚停好，她哥就气势汹汹地朝我走了过来，一边走一边嚷嚷："你骂我干吗！"

这句话听得我一脸蒙，不知道他哪根筋不对了。然后，我回了过去："你是不是有病？我什么时候骂你啦？"

他则越喊越大声，很快就走到了我的面前，还把头低下伸了过来，接着说："来！你打！你打！！"

"你是真有病啊！把头伸过来让我打。"

他抓着我的衣服，我也只是将他控制住，并没有出手，就这样相互拉扯着。

很快，周围的人反应过来，纷纷上前拉架。由于吵闹声太大，一位法院的工作人员出来厉声呵斥："我看谁在胡闹呢，知不知道这是法院！"

我们这才罢手，胡律师此时也从门里走了出来，见怪不怪地叫我跟他进去。

"你就是阿兴？"一个中年男人向我迎面走来。

"是的。"

"这是王法官。"胡律师在一旁说道。

"你跟我来办公室，我有话跟你说。"

"好的。"我说完看向胡律师。

"你去吧，我在外头等你。"

我点点头，跟了上去。

到了办公室，王法官示意我坐下。然后，他点了根烟，又从烟盒里抽一支递给我，我笑着挥手谢绝。

"对方本来给 6 万，现在加到了 8 万，你觉得怎么样，能调解的话就不用开庭了。"王法官用手比了个"八"说道。

"王法官，来之前我了解了关于退彩礼方面的法律知识，即便刨除她们村子因各种名堂增加的额外费用，也不应该是这个数。"

"是这么个理儿，你们的事、她家的情况，我都知道。咱们关起门私下说，你真想要回彩礼，找一群人到他们家闹去，肯定就要回来了。"

"这些情况，我也听说了。可是，王法官，我不想用这种方式，我想好聚好散，走正规程序，简单化地了结。"

"你确定不让步吗？你再让些吧，你们双方都各自让些，事情就立马解决了。我保证你今天就能把钱拿上，如果上了法庭，那可麻烦得很，若当场给不清，对方拖着不给的话，你还得跑到市里的法院申请执行。"

"假如对方不给，申请执行管用吗？"

"管用，会把对方的银行卡冻结了，就是给得慢些。"

"哦，那没事，只要给钱就行。我不让步，我想如果是您的话肯定也会这样选择，不是吗？"

王法官点点头，起身道："那好吧，咱们就开庭吧！你去找胡律师，直接进法庭。"

"好的。"

长这么大，我还是第一次来到法庭，以前只在电视上看到。我好奇地打量着四处，心想：这也是人生的一次体验。

我和胡律师在左边的原告席坐下后，晓珊等人也相继而来，王法官则坐到台上的中央席位。

王法官看着手里的材料对着晓珊说："你爸咋没来？"

"他上着班呢，不好请假，过不来。"

"这上面写着你和你爸妈的名字，怎么能不来呢？我不是已经给你说过了吗？"

"谁知道会这样，我也是第一次参加，而且刚毕业没多久就遇到这样的事！"她说着说着准备把矛头对准我。

"停！停！打住。上次就因为你们家的人没来齐，差不多等了半个月，这次到了现场还整这么一出！给你爸打电话，问他到底能不能来。还有你的律师呢？怎么也没来？"

这还没开战呢，就吃了哑巴亏，本来气势汹汹的兄妹俩此时只能灰溜溜地出去联系人。我在想：是不是人来不了，就会判我赢啦？电视上都这么演。

果然，她爸暂时来不了，律师也来不了。王法官发出了最后的期限：下周一必须到。

胡律师见状赶忙发言："法官大人，可不可以让女方当场签字画押承认收了多少彩礼？我们这样一趟趟地跑也不是个事儿！"

"那不行，今天没有正式开庭，不能走这个程序。"

"我又不会赖账，该是多少就是多少！"晓珊冲着我们这边嚷嚷道。

"可以用手机录音吗？"我小声地问胡律师。

他摆了下手，让我不要着急。

"就先这样，都回吧。"王法官整理材料，准备离去。

我们出去后，胡律师给外面等待的其他人说了情况。

"还可以这样操作？这法院也太不严肃对待了。"

"估计人家在试探阿兴呢，看他到底让不让步，他的底线是什么。"

"连自己的律师都没来，恐怕是光咨询了一下，都没掏钱受理吧！"

大家既惊讶又愤怒地表达了各自的看法。

"反正就是这么个情况，都回吧，有什么事电话联系。"胡律师说完后，意味深长地看了我一眼，又拍了拍我的肩膀，就各辞了。

这样意味深长地看我，是想告诉我应该早点果断地把刚才对方承认彩礼的话录下来，而不是询问他？这样就省下了后面可能遇到的不必要的麻烦。算了，已经这样了，我也是第一次参加，谁知道他们会连续放这么多次鸽子。

回去的路上，二叔埋怨我，认为我不会做人，三爷作为媒人，却没有把他老人家请来，如果他来了，事情可能就不会这样了。

"我请了，没请动。"我无奈地答道。

"你那是请吗？一点诚意都没有。"

我听到这话，只能忍了。心里想：咋没诚意啦？非要拿八抬大轿抬他才算请吗？这个三爷，从我跟晓珊谈对象的时候起，就要我事事向他汇报，听他的安排！那架势就跟我妈当年掺和我第一段婚姻一样，让我很是反感和抵触。我认为无论作为长辈还是媒人，他把线牵了就完事了，后面则是我和晓珊自己的事。同时，三爷还要我把他抬得高高的，就像他之前说的，我要想成这个事，度过这些关卡，还得靠一个大人物，当时在场的三奶奶则在一旁使眼色，让我把这个大人物说出来……

"阿兴就算有再多不对，他三爷身为一个长辈，在这大是大非的事上还要跟一个晚辈斤斤计较吗?! 难道要向他下跪才行吗?! 我和阿兴认识多年了，他是一个好孩子，我要不是因为阿兴，才不过来蹚这浑水呢! 下次我不来了!"张叔火冒三丈地说道。

我看张叔越说越激动，赶忙用手安抚他，二叔此时也不吭声了。我虽然理解张叔的心，也感谢他为我仗义执言，可此时还没正式开庭呢，自家队伍可不能乱了阵脚。我为了打破这个尴尬场面，摇了摇头，说道："我之前的做法是有些不成熟，可我今天似乎没做错什么。她哥过来挑事，我也没遂他的愿。"

"阿兴，你今天做得好着呢。"张叔的情绪有些缓和。

"幸亏没有打上，要不打的都是钱，院子里可都是监控!"陈爷爷也跟着说道。

"没事就好。陈叔，把你送到哪里?"妈妈转移了话题。

这场内部争论就此结束。

我回到家后，考虑晓珊家今天若只是先过来看看我们这边的虚实，来了什么人等，下次指不定又要使什么花招呢。我得做些准备。于是，我当即决定现在就去三爷家，下楼买了几条烟后便开车前往，好说歹说终于请动了他。然后，我又去了二叔家，给他也带了条烟。

过了几天，我们再次踏上了去往法院的路，这一次张叔不来了，换上了三爷。坐在车上的我，不知怎么的，竟有种内忧外患的感觉。

果然，一路上他们对我轮番教育，说我不信任别人，家里人都是为了我好，只有自己家人才帮我跑来跑去，外人谁帮呢！让我和妈妈和睦相处，不要动不动就吵架，假如以后找了对象，让对方看到我连自己的妈都这么对待，还有什么指望呢，以后要多听话。

我只能应付着，心里想：话虽如此，可相比于外人，伤害我最多的却是最亲近的人。

当我们到了后，胡律师在树荫下站着抽烟。晓珊家的人也很快来了，他们这次只来了一辆车，她哥没来，她爸还是没来，律师倒是来了。真不知道王法官这次会如何处理，还是他已经有了答案？

没过一会儿，我再次被王法官叫到了办公室，晓珊请的女律师也在里面。

"我的意思是，双方各让一步，能不开庭就尽量别开庭。你们两个谈吧！"王法官对我们说道。

"我已经让过了，不可能再让了。"我对着眼前的女律师直言道。

"我知道您已经让了很多，我们这边决定加到九万五，您看怎么样？"

我听到这个数字后，那没得说，知道他们已经妥协了，肯定不会让步了。

尽管女律师又谈起我和晓珊过往的情感，说得天花乱坠，我依然不为所动。最终地回去跟晓珊家沟通完，同意了我提出的退还 10 万元彩礼。

王法官让我在办公室等一下，他去给晓珊家做最后的工作，争取今天把事办完了，再别出什么差错了。

我随即给妈妈发了消息，好让他们放心。结果，没多久，我便听到外面的二叔像发了疯一样乱吼乱叫。我赶忙跑出去看看。

愤怒的二叔见我来了，连同我一起斥责："你们母子俩，成事不足败事有余！他们妥协了，说明心里有鬼，应该趁势涨价！咱们干吗来啦？还不是为了争一口气吗？让一个女人欺负，你还是不是个男人！不答应！必须涨价，哪怕这些钱不要了，豁出去了，往几年、一几年的官司打！这边不行，就上市法院继续告！我还不信了！"

我心里暗暗骂道：真倒霉！他今天冲动的样子跟晓珊他哥有

什么区别?！他早干吗去了，第一次来时不咋呼，这会儿倒逞强起来了，不管怎么样，我来这儿不是为了出气，是为了要钱来的！唉，这个大家族的人真是爱帮倒忙，这么一闹，只会对我不利，没准今天连钱都要不来了。见好就收吧！拼个你死我活的划不来！

我只能低头不作声让他骂，以此来让他消气，希望赶紧把事情解决了。慢慢地，二叔的火气下去了。

谁料，我妈这会儿又开始折腾了，她竟然认可了二叔的话，自责无比，还掏出手机咨询在外地当律师的亲戚，问到底能要回多少钱。

二叔见状，一副恨铁不成钢、气不打一处来的样子，又扯起嗓门嚷嚷起来："还不明白吗？还在哪问着呢！"

此时，晓珊的妈走了出来，好像是去车上取东西。二叔扭过头，又冲着她妈嚷嚷："坚决不答应，我们又不差这点儿钱，告！非把他们家告垮不可！"

晓珊妈气得满脸通红，拳头握得紧紧的，嘴里小声骂骂咧咧地取完东西就往回走。

我无奈地往后退了退。

陈爷爷走过来低声对妈妈说："就按这个数来吧，最低 10 万元不是最初就说好的吗？咱们别闹了，赶紧让这事翻篇吧，别再折磨阿兴这孩子了。"

妈妈像没听见一样，继续打着电话。

三爷则跟个没事人一样，一声不吭地在旁边看着。

过了一会儿，胡律师皱着眉头走了出来，来到我和二叔之间。

"我向里面的工作人员解释了，男方的钱被女方骗走了，人家发泄一下也是可以理解的。"胡律师展开眉头说道。

二叔不再作声。

"胡律师，事情怎么样啦？"

"你过来签个字就好，然后把卡号给我，我去帮你办理，你跟女方家就不要碰面了。"

"好的。"我心中的石头总算落下来了。

事情结束后，我一一和王法官、胡律师握了手表达谢意。

"王法官，还是您厉害，我以为今天肯定是要开庭的，材料我都准备好了。"胡律师笑着说。

"我也以为会这样呢！"我附议。

"哎呀，这一家人很难缠，可让我费事了。没事，解决了就好。你们先回吧，我还要整理一下材料。"

"好的，再见！"

"再见！"

回去的路上，我百感交集。虽说这件事终于处理完了，不会再牵绊我，可家里的这些亲人还在，他们要比晓珊家还让人闹心。我再回想整个案件，从最初的"请人"环节就出现了问题，妈妈依旧从头至尾帮着倒忙。如果她没有插手，我光叫张叔一人足矣，事情会顺利很多。算了，他们就是这样的人，我还要买票赶回去上精神分析课，等这个学完，我差不多就可以正式上手了。我望着车窗外的风景，心情逐渐恢复了平静。

人生由我

我回到西安时，已是七月中旬，正是烈日当空的时候。不知道是天气太热了，还是自己身体虚的缘故，我才没走几步路，衣服就湿透了，就连艾灸的时候，我身上也是大量出汗，把双双姐都吓到了，建议我抓紧找个中医看看。

我从美团上搜了一家中医馆，便匆匆赶了过去。

刚到医馆门口，我不仅后背的衣服湿透了，胸口处也湿了一大片，额头更是在不停地冒汗。我随即用手擦了下额头，就走了进去。

前台工作人员将我带到了主治医师的办公室。

"你好，我是贾医生。你怎么啦？"

我将症状说了后，他给我把了脉，说："这孩子都瘦成什么样了，你看这胳膊细得跟什么一样。你身体太虚了，脾胃也不太好。我给你开些药，再加上补气升阳的按摩手法，两个月的时间包你好！"

我看他这么胸有成竹，便决定试一试。我每隔三天过来做一次治疗，这期间认识了医馆的一些小学徒，他们负责给我做治疗，我同样也拿他们练练手，帮助这些正值青春年华的年轻人答疑解惑。

除了做治疗，我每个周末都会去学院上精神分析课，讲课的人正是上次给我做过公开咨询的白老师。不过这一次，我没有抢到前排座位，因为我虽然每天喝着中药，但仍不见起色，随着天气越来越热，感觉自己病情越来越严重了，晚上更是难以入睡，所以早晨就起得比较晚，到课堂时，前排座位都占满了，只找了一个中间的座位。上了几堂课后，我发现最后一排的一个男同学跟我一样上课连连打哈欠，而且他眼睛上的黑眼圈也很重，和他随便一聊，才知道他刚当上父亲，已经好多天没睡过一个好觉了。

我为了让自己的脑子清醒些，注意力能够集中点，尽量早起跑上一段，然后骑着共享单车到地铁口，以免迟到。

这天，我跑了几步就气喘吁吁的，回想自己以前的身体多好，再恶劣的天气也不算什么，可现在的我感觉自己快扛不住了。就在我咬牙坚持的时候，不禁想起了《钢铁是怎样炼成的》这本书。同时，脑海里还浮现出一个身穿盔甲、骑着战马的男人，随着一声嘶吼，目光坚毅的他迅速拔出佩刀奋力向前冲杀！然后，从场景里出来的我便继续努力向前奔跑！

当我再次来到教室时，看到第一排有一个位子空着，有点拥挤的桌面让我感觉可能有人占了，便没有过去。课程越往后越难，疲惫的我明显感觉自己的大脑快转不动了，情急之下，为了能跟上学习进度，不管那个空位有没有人，也不管此时还在上课，我拿着本子和笔弯下身子悄悄移步到了第一排。

白老师发现后，调侃我今天怎么了，像个小猴子一样到处乱窜。我说是为了让自己精神更集中。接下来的几堂课，我也一直坐在那个座位上。

过了一个月，我感觉肛门处长了个疙瘩。到贾医生那里一看，说是得了痔疮，还好发现得早，属于早期症状。然后，让我伸出舌头看舌苔，他看后自言自语似的说："以后再调脾吧。"接着，给我开了些中药，还有一个清洗肛门的药包。

我用药一周后，非但痔疮没下去，反而感觉身体越来越差，刚吃完饭就想拉肚子,舌苔间还出现了裂痕。我想起贾医生当时说的"以后再调脾"的话,意识到他给我开的药是跟拉肚子有关的,而这种药也会间接地伤害到我的脾胃。

我便赶忙过去询问,他居然说就是要拉肚子,多拉几回好得快。我瞬间被他这种治病方式惊到了。只好再问还有没有其他方法。他说可以用针挑,就是有点疼。我听了真想揍他一顿!心想:害我受这么多罪,不早说!然后,我连连答应:"没事,快来吧!"

就这样,我被连续用针挑了两次后,顽固的痔疮终于消失了。

后来,机缘巧合下,我听了一场中医讲座,讲课结束后,老中医给现场包括我在内的八九个人挨个号了脉。我听他说得头头是道,便打算去他坐诊的药店看看。

当我来到他坐诊的药店时,发现老中医并没有像他讲课时说的每天有那么多人来看病。我虽明白,但没有揭穿,依然想试一试,先吃上几服药,看看有没有效果。

结果,我被这个借着讲课而拉生意的老中医搞得再次翻了车,郁闷的我暂时不想找中医了。恰巧,艾灸馆的卡也到期了,我从网上购买了相关的艾灸用具,准备自己在房子里艾灸。

　　夜晚，我站在窗口，幽幽地看着那一排排路灯。心想，难道我真的要病倒在这儿了吗？我还有那么多事情没有去做呢！可转念一想，我当初下定决心破釜沉舟地来到西安时，就已经抱着有失败的可能的思想准备。我挡不住病魔，但我可以活在当下，做好当下想要去做的事，我要继续前进！

　　第二天，我该干啥干啥，下午自己艾灸时不小心烫伤了小腿，去药店买膏药时，刚好看到一家准备开张的中西医结合的医馆，便进去瞧瞧。经老大夫推荐买了药膏，然后又聊了几句，得知下周一是试营业，届时会有专家坐诊，让我过来看看。

我一开始没当回事儿，可过了几天，就在我去药店买安眠药时，药店里的大姐说安眠药只能到医院去买，普通药店现在不让出售，嫌麻烦的我突然想起今天是周一，索性便去前几天刚去过的医馆看看。

"你是来看病的吗？"前台的小姑娘问道。

"是的，听说你们今天试营业，有专家坐诊，我过来看下。"

"嗯，曹大夫就在旁边的房间里，这会儿没人，你进去就好。"她边说边用手指了指右边。

"好的。"

我敲了下门，就进去了。

"大夫，您好。"

"嗯，你怎么啦？"

"我睡眠很不好，还容易出汗。"

"手放上面，我把一下脉。"

"好的。"

"哎呀，年纪轻轻，身体太虚了，有些老年人都比你强。"曹大夫摇摇头说。

70

我像找到知己一样，连连点头："实不相瞒，我都感觉自己大限快到了！"

"你能意识到就好。身体这么瘦，脸上却有些虚胖，这是病态。我给你开点安神的药，先睡好觉。吃饭怎么样？"

"消化比较慢，晚上不敢多吃。本来脾胃还行，之前得过一次痔疮，一位中年大夫给我开的药，结果吃了那药，刚吃完饭就想拉肚子，不仅把我拉得有些虚，而且脾胃也有损伤。"说罢，我伸出了舌头，指了指舌苔的裂痕。

"哎，痔疮不能那么治。好的，我知道了。"曹大夫摇摇头，继续在处方笺上写着。

"嗯嗯。"我感觉终于遇到了跟我匹配的医生。

"我给你把该开的都开上，一共七服药，一天一服，用完后下周一再过来看。平时注意多晒太阳。"

"好的。"

我回去吃了两三天药，睡眠竟有了好转，高兴地脱口而出"太好了"。可没一会儿，我想起以前也曾有过睡得很好的时候，就马上冷静了下来。我暗暗下定决心：虽然不知道这关能不能过，也不管结果如何都会往前冲。如果这次栽了我便认了，如果又一次脱险，那么我便大刀阔斧狠狠干一场！

接着，我又连续吃了两周药，虽然有时候还会睡不好，但比以前好多了，我开始有了信心和希望，对未来有了进一步规划，打算学有所成后自己干，闯出一片天地来！

当天晚上，我做了个梦，梦见了父亲。我说："老爸你去休息吧，店里有我呢。"老爸笑着点点头，去了里面的护理室。然后，我就和店员们一起卖货。不知过了多久，老爸走了出去，说是要出去转转，这一转就再没回来……这时我也醒了过来，呆呆地看着天花板，久久没有回过神。

突然，我有了灵感。当年父亲创业时将店名起成"圆梦化妆品城"，他那时告诉我，这个名字的寓意是：一方面圆了自己的梦想，另一方面帮助更多的女人圆了她们变美丽的梦。于是，我也想日后将咨询室的名字定为"圆梦心理咨询室"，并在公众号上发表《爸爸的爱是暖阳》这篇文章，以此来纪念我的父亲。想着想着，我仿佛又回到了过去……

记得大三上学期，学校组织大家在教室一起看《背起爸爸去上学》这部经典老电影。主人公虽然和我一样也是单亲，可我还是羡慕他能孝敬他的爸爸。如果时光能够倒流，我会做一个更好的儿子。

大多数父母都望子成龙，希望孩子好好学习，将来做个有出息的人。可小时候的我就是这么不争气，学习不好，还贪玩。有一次，我骗爸爸说学英语需要录音机，爸爸便向别人借了一台。其实我是想拿录音机听歌曲，后来被爸爸发现，狠狠地打了我，妈妈则在旁边拦着。如今回想起来，我好想再让他打我一次啊。《背起爸爸去上学》这部电影里的主人公因为不想去上学，也被爸爸打，他总共挨打两次，第二次挨打时，他爸爸病了，趴在地上表情麻木，但依然挥着手臂打这个不听话的孩子。我边看边流下了眼泪，百感交集，因为我的爸爸再也打不了我了……

我永远不会忘记 2011 年的国庆节。当天晚上，我们为庆贺生意一起吃火锅，没想到这成了我们一家三口最后的晚餐。第二天早上，妈妈突然喊我："阿兴快来，你爸咋不动了！"我听后立马掀开被子，冲到房间来，爸爸脸有点白，手和脚都冰凉，我急忙用手来给爸爸取暖。爸爸到底怎么啦？当时的我脑子里一片空白。对了，快打 120！我一边打电话一边跑到楼下路口，我双眼直勾勾地望着前方，焦急地等待 120 急救车的到来。但医务人员来了，却告诉我们人已经走了 3 个多小时了。片刻后，我才反应过来，发出撕心裂肺的哭声。

我的爸爸就这么走了！可他知道吗？他也带走了我的魂，他是我们全家的精神支柱，我从小以他为榜样。我在门外的地上跪下来磕了三个头，用尽全身的力气喊着："老爸！老爸……"我多么希望他能够听见，我无法相信这是真的。

数日后，我从一个意气风发的小伙子变成了一个满脸胡楂的油腻大叔，天天玩游戏以排遣心里的苦楚，体形也肥胖了许多。以前店里进货都是爸爸开车送我去车站，当我走在那熟悉的进货路上时，又不由得流下了眼泪，因为不管在什么地方，都留有我和爸爸一起走过的印记，都有我们的故事。

回想我刚从西安回到家乡，就从街边摆地摊卖牙刷开始，想体会下爸爸当年白手起家的感受，并从中获取经验。大清早，我伴随着店面里响起"最炫民族风"的歌声来到商业街，我找了块空地将牙刷摆放好，就开始叫卖起来："一元一支，厂家直销，软毛、硬毛都有！"呐喊声一时间盖过了旁边两元店的喇叭，不一会儿就吸引了很多人。看到路人走过来，我也会拿着几个样品牙刷迎上去推销，就连旁边卖小孩儿布鞋的老奶奶也没有放过，我还没说完那套熟练的推销词，老奶奶便摆了摆手，说："小伙子，我都没有牙齿了还怎么刷牙呀？"说罢，张开嘴用手指了指。我摸了一下头，尴尬地笑了笑，周围的人看到这番情景也发出一阵哄笑。我就在这欢乐的笑声中结束了第一天的地摊生意，这一天共卖了 186 支牙刷。

过了几天，天气不好，到处刮风，塑料袋都在空中乱飞。我便想偷懒不出去摆摊，结果被爸爸说了一顿："阿兴，你就这点儿能耐?!"爸爸的话瞬间激发了我的斗志，含了块西瓜霜片，继续出摊吆喝起来。收摊后，我告诉爸爸，今天又卖了100多支牙刷。爸爸惊喜地笑道："嘿，你小子行啊！今天天气不好，爸爸才开了个张，这大店生意还不如你这小摊生意好呢！"我俩相视而笑。"对了，爸爸！我以后找个什么样的女孩儿呢?"爸爸说："只要你喜欢就好，到时候爸爸一定给你风风光光办一场喜宴！"我心想，有爸爸真好。

记得爸爸在我很小的时候，便一边去厂里工作一边去日化店兼职。尽管这样努力赚钱，可收入还是微薄，但爸爸对我的需求都会尽力满足。有一次，我去逛书店，随意取了本书翻动了几页，那书店的老板就用那藐视的眼神看着我，并嚷道："去！去！小孩儿没钱，看什么看！"自尊心强的我眼里噙着泪水，忍住没有哭出来，跑去找爸爸，爸爸来后二话没说买了那本《成语故事》，老板瞬间变得点头哈腰。这本书的价钱相当于爸爸一天的工钱了。从那一刻起，爸爸那慈祥的面庞和高大的身躯便印在我的脑海里。后来，爸爸到处筹钱，通过借鸡下蛋的方式实现了他创业的梦想，并将店铺起名为"圆梦化妆品城"。爸爸为追求梦想不断拼搏的精神在我心中留下深深的印记，我希望有一天能像父亲一样有所作为。

我沉浸在回忆中无法自拔，直到我外出学习，听到培训机构庞老师讲课提到的经验和自己当初的推销方法几乎一个模式后，我重新振作，挑起店面大梁，接替老爸当初的角色。接手店面后，我进行了一系列的改变。头一件事，便是装修店面，不但换了新柜台和货架，还对门头进行了精心的设计，门头以灰色系为主并用欧式古典花纹按三分之一的比例喷到上面，店名也从原来的"圆梦化妆品城"改为"圆梦日化"。紧接着，我将新进的新品牌护肤品同销量少的老品牌换掉。这些新产品卖得很火爆，回头客也很多，销售额明显有了提升。然后，我又选择了一款高端彩妆品牌。有了彩妆就必须会化妆，可店员们的化妆手艺并不专业，而且人员更换也是问题，我只能自己去厂家学习，回来再教她们。就这样，我再次挑起大梁，事业有了新的发展……

随着一阵吵闹声，电影结束了，主人公终于答应去上学，并背起他爸爸一起去上学。我也从回忆中醒了过来。爸，你知道吗？儿子小时候虽然不好好学习，但现在通过努力上了大学。当我迈进大学的第一天，我就暗暗发誓一定要改变自己，让自己变得跟你一样优秀。

记得有同学问我："幸福是什么？"我说："幸福就是我有妈妈。"他继续问："那如果你没有这种特殊情况呢？"我回答道："那幸福就是我有爸爸和妈妈。"

我擦干眼泪，起身到书桌旁，拿着笔开始了第二本书的写作。

从冲破枷锁来到这儿，我几乎所有的能力都减弱了，唯独意志力和觉察力却好像增强了，它们支撑着我跟上了目标进度，灵感和素材也正源源不断地朝我而来，下部作品的写作犹如盖楼房一般快速地进行着。

正当我酣畅淋漓地书写时，我的处女作《成长》终于来到了我手里，这份礼物刚好带给我一些欣慰。随后，我又接到了单位通知我回去办手续的电话，让我先做个离职体检。于是，我装了20来本《成长》，提着行李箱再次踏上回去的路。

我为了能顺利地完成这件事，到了之后没有回家，而是找了个宾馆住下。因为就在单位通知的前几天，姨妈来电劝我不要冲动，我和她一番争论后，另一个长时间未联系的亲戚也打来电话。如此看来，他们已经提前知道了消息，时时刻刻想要掌控我的人生。

当我做完离职体检后，一个陌生电话打了过来，是我父亲生前的好友严叔叔。

"阿兴，我是你严叔叔，你现在在哪儿呢?"

"哦，严叔叔，有什么事吗?"

"是有事，咱们当面说，我在红河区体育中心，你这会儿要是没事的话就过来找我一趟。"

"严叔叔，我这会儿还真的有事，我处理完了给你说，先挂了。"

"哎，你等等……"

我挂了电话，不由叹了口气，肯定又是我妈请的帮手。我拿着体检报告直奔供销公司。

公司人力资源部的人收了报告，说"已经上会"，就等着批下来了，让我再等几天。我暗自庆幸没有带书过来，就知道可能还要磨叽一下，万一我把书送到往日关系要好的同事手里，被一心想坏我事的人看到里面的职场相关内容就麻烦了，我不怕他们找事，但到这最后关头了，被"蚊子叮一下"划不来，本来就已经拖了很长时间了，赶紧结束了吧!

最终，我如愿地从这个让我厌恶且又锻炼了我的环境里彻底脱离了。

当我回去后，发现妈妈不在家。我察看了家中平日里的摆放，猜想她应该去姨妈家住了。果然，没多久，姨妈打来电话，我没有接听。手机铃声结束后，我给严叔打去电话约了地方见面。事情结束了，出于礼貌，应该去见一下他，毕竟他跟那些想控制我人生的，时常帮倒忙的家人有所不同。

我的人生我做主。我虽然无法掌握我的前半生，但可以改变我的下半生，去创造一个属于我的美好人生！

第一个来访

挥别过去，无畏前行。

这一年，我为了解决过去的琐事，不知往家乡走了多少趟，这下总算利索了，我再也不用被过去牵绊和影响了。

家乡经济萧条，回来的路上山都是光秃秃的，可父亲在时，我对家乡的感觉是亲切、温暖的。而当他不在了，感觉环境都变了。仿佛是混浊的水池能把鱼儿养死，当地一些人三观扭曲得让人不齿，落后的思想能把人毁掉，一些低俗谋生之道却成为大家追捧、赞赏且必会的生存模式。当你摘下面具时，众人会觉得你不正常；当你跳出来时，你会觉得环境不正常。

我回到古城区后，接到了心理学院同学的邀请，让我加入他们的团体成长小组。我本想以后的职业发展方向是个案咨询，但出于好奇，我便爽快地答应了。

到了晚上七点，参加团体活动的人陆陆续续到达。因为大家都认识，所以没有做自我介绍，各自拿着板凳围成一圈坐了下来。

主持人刘同学拿着本子对我们介绍团体规则："大家好，团体成长小组，规模为八人，外加一个主持人，也是观察者，就是我了。每周五晚上七点到八点半，有事来不了的成员提前请假，每一轮开展十二次，成员可以自由决定是否继续留在小组内，新的一轮根据离开的成员数量补招新成员。当然，也可以提前退出，要求退出者将自己退出时的感受和理由写下来，交给主持人（观察员），需要给自己和团体一个交代，并要求退出者记录退出的那一段时期自己的心理变化。团体成长的目标是鼓励成员在团体中真实而自由地表达自己的感受和想法，通过团体活动帮助成员了解自己的人际关系模式，提升自己在人际关系中的觉察、沟通和处理人际冲突的能力，从而改善人际关系。我就说这些，大家有什么疑问吗？如果没有就可以开始了。"

"我们现在该做什么？"

"畅所欲言，随便说什么都可以。"

"哦，明白了。"

"我今天差点儿就迟到了，想着可是头一回，提前出发还是堵车了。"

"我也是。"

"我也是！"

吴同学抛出一个话题，大家瞬间有了共鸣，你一嘴我一嘴地发言。

我等他们说完后，也说了起来："我怕迟到，出了地铁，又骑着共享单车过来了，一路上看到街上好生热闹，打算结束了到处逛逛，买些水果什么的。"

大家伙听了哈哈地笑了，在座的大部分人也渐渐放松了起来，有的人还跷起了二郎腿，聊得不亦乐乎。

接着，连续两个人分享了最近发生的事，都获得了众人及时的反馈和鼓励。我好像知道了团体成长小组的意义。然后，我发现8个人里，有2个人光看着不说话；有2个人，包括我在内，说得不多不少；剩下4个人最为活跃。坐在我旁边的主持人则一句话也没说，只是时不时地拿笔记一下。

我们就这样像唠家常一样，很快一个半小时就过去了。我的感受还是比较好的，能跟这么多志同道合的人在一块儿，大家互相支持鼓励，整个现场的氛围也特别好。于是，出去之后，我没有去逛街，而是和大家一同边走边聊地往地铁口方向前进。

到了第二次团体成长小组活动那天，大家见面打招呼时似乎比第一次更加亲切。

主持人让我们挨个儿说说来团体成长小组的初心或目的。

"我来团体小组是为了看看，这里学到的东西以后自己也可以用上。"一个已经合伙开了小型工作室的同学说道。

"我是为了能跟大家在一块儿，我很看重这次学习，因为我认识的朋友虽然多，但质量不高，属于可以在一起玩啊闹啊那种，但真正能帮助我解决问题的没有几个。"一个比较活跃的同学很认真地说。

"我的圈子比较小，平时接触的人少，所以想过来看看。"上次不怎么说话的女孩儿说道。

"我也是，因为工作性质，接触的人不多，想认识些新朋友。"同样上次发言少的另一位男士附和道。

"我来这儿主要是出于好奇，过来看看团体成长是怎么进行的。当我参加完第一次活动后，发现现场的抱持感很强，让我感受了安全和支持，营造出了一个很积极向上的氛围！我觉得特别好，本来上次结束后，要去逛街买水果的，可我却不由自主地选择了跟大家一起往回走。曾经我在家乡时像个另类一样，不是因为我不愿意合群，而是根本找不到同类，跟其他人不是一个世界的。所以，我愿意与各位一起同行，一起进步！"

大家听了我的肺腑之言，纷纷点头鼓起了掌。

也许是我的发言打动了那位男士。上次结束时，所有人都在等着一起下楼，唯独他好像习惯了一个人独来独往，率先走出了门。而这一次结束，他则先拿起了屋里的垃圾袋，跟我们一块儿出门了。

我们挨个儿说完之后，再次像头一回那样随意地聊了起来。有人提议说下这一周发生了什么有意义或烦恼的事。那四个最为活跃的同学眉飞色舞地讲了起来。

在大多数人都发言了以后，主持人突然插话："田同学，我发现你连着两次团体都不怎么发言，这是为什么呢？当你看到别人聊得挺好时，你又是什么样的感受呢？"

这时，我们都停了下来，看向田同学。同时，我也意识到了，原来主持人的作用是这样的，还以为她除了开场说一下，后面就不管了呢。

"我也不知道该说什么，我看着大家说，听着大家说，觉得还可以。"田同学有点儿迷茫地回复。

我见主持人没吭声，又看了看坐姿有些拘谨的田同学，说道："我感觉你似乎没放开，没有打开自己，像个刺猬一样用刺包裹着自己。"

她重重地点了下头，声音也跟着变大了点："是的，我不知道该怎么融过去，我也想说话，可就是说不出来。"

我见她还有想说的意愿，便微微点头，认真地注视着她，鼓励她继续说下去。

"对于你前面的发言，我很有共鸣，很有触动，我也是来自北方的，前几年刚刚来到西安定居，可以说是逃离了那里，曾经的环境就像你说的，跟其他人不是一类人，很难相处。我的妈妈也跟你的妈妈一样。"她说到这里停了下来。

我听到这里也瞬间明白了她的心，她和我有过相似的经历，我对此感同身受。

"控制。"我脱口而出了这个词语，帮她补充了。

"是的。"她的声音又变小了。

我再次点点头，表示理解。

时间到了，大家开始收拾东西，田同学向我走了过来，说道："阿兴，我可以邀请你做我的咨询师吗？"

我微笑着回复："田女士，我很荣幸为您服务。"

她开心地捂住嘴巴笑了起来，一旁的"吃瓜群众"也跟着"哇！哇"地凑起了热闹。

就这样，我和她在回去的路上边走边聊，她说的我都可以理解。最后，我回复了她一个"平等"的词语，像一针见血一样，她再次重重点头，向我敞开了心扉。这一刻，她对我是打开的，是信任的。

事后，我与团体里合伙开咨询室的两位同学进行了沟通，打算去她们那里工作，并把想让田同学过来咨询的事情商量了一番。因为相互间都认识，还在一个团体里，我没有收取她的费用，她们也愿意免费提供场地。于是，我即将迎来第一个来访者。

第二天，我决定给自己放一天假，便带着几本《成长》前往母校。

记得我上次来母校时的感受是激动的、怀旧的，当听到地铁广播报出学校站名，会不由得抬起头来看向指示灯闪烁的站名，并掏出手机记录下了这份激动的心情。我每次来到校门口时，都会想起第一次来的场景，在此处下定决心的场景："我决心改变自己！"

如果说最初跑步减肥是我新生的开始，那么来到这里则是塑造新生的过程。四年的大学之旅使我从一个眼里只有名和利的井底之蛙，蜕变成了一个懂生活、有理想、会看风景的青年人。那时候的我很快乐，也很刻苦。

这一次，我来到母校，感受到的是平静、熟悉。随着我一步一个脚印走上台阶，一缕阳光照射在我的面庞，我瞬间感到别样的温暖和舒适，我望着前方的教学楼，那一段段往事历历在目。我想，这些美好的记忆已经深深地刻在了我的脑海里，这也是我选择来西安的原因之一。

正当我边回味边溜达时，田姐发来了消息。

"阿兴，我本周二、四、六有时间，你看，咱们咨询是怎么安排呢?"

"田姐，我已经联系她们了，说是今天给我回复，等她回复了我给你说。"

"嗯嗯，我们是去团体成长小组里刘同学和张同学合伙开的工作室吗?"

"是的，我看了她们工作室的照片，觉得布置得挺好的。"

"好的，我还没去过她们那里呢，正好去参观一下。那么，你怎么收费?"

"对你肯定是免费的，在你之后就要收费了。"

"哈哈，我突然有种受宠的感觉哦，我太幸运了。"

"没事儿，这是缘分！"

"嗯嗯，我昨天一口气看完了你的书。"

"哇哦，感受如何？"

"我的感受是现实生活中还真有这样的男主角，还是我认识的人。我很开心，对你产生了更多的好奇，在很多地方有共鸣，也好像更理解自己的一些想法了，尤其在当下的快节奏时代，我以前觉得自己跟不上节奏，觉得自己太不合群，其实只是我追求的不是短暂的或者说表层的快乐，而是我通过回顾过去，想慢下来去体验生活，寻找更有意义的事情。"

"理解，就像我此时慢下来，放下一切，很松弛地在我的母校溜达着一样。"我给她拍摄了校园一角的照片发了过去。

"嗯嗯，我们在现实中更多的是走马观花，从来没有真正地慢下来体验生命，现在意识到，这就是一种成长。"

"是的，人生是需要体验的，尤其是在有限的生命里，尽量让自己无悔，让自己尽兴，让自己畅快！"

"嗯嗯，我们每个人都是独一无二的，那你先好好体验母校的风景，有什么想跟我分享的随时发给我，我今天也休息。"

"好的。"

中午，我在学校食堂美美地吃了一顿，临走前给母校以及和我关系要好的老师们留下了我的书。

我回来之后又随意地溜达了一会儿，难得心情这么好，不如抽张牌吧，看看我现在的水平如何。

我打开"OH卡"盒，从里面盲抽了一张代表我现在的状态。看到此牌，我脑子里立刻蹦出一个词：连接。我在帮助他人，他人也在帮助我，只见卡牌中的一只手紧紧抓住即将触碰到下面火焰的另一只手，显得很团结也很有力量。手臂的颜色以及图片背景的颜色都让人感受到坚毅而炽热，如同涅槃重生的火焰一般炽热而灿烂！星星之火，可以燎原！我对未来充满了信心和希望。

我和田姐约了周二下午三点，我提前到，将她们心理咨询室的来访登记表和知情同意书各打印了几份，又了解了一下周围的环境，便坐在前台的接待大厅等待。

"哈喽!"田姐朝我挥了挥手。

"哈喽，田姐，你来啦。"

"这就是她们的工作室吗，她俩在吗?"

"嗯，是的。她们不在，这会儿还在上班呢，她们光租了里面一个房间作为咨询室，还在起步阶段。"我边说边带她往咨询室走。

"就是这里，请进。"我拧开门把手，示意她先进去。

"好的。"

田姐进去后，先把包包取了下来，放到一旁，然后打量起了房间，我则拿出笔和表格放到桌子上。

"田姐，这是来访登记表，请你填写一下。"

"好的。"

我没有刻意地去盯着她看，而是很随意地耐心等待，有时也会瞄一眼看看写到哪儿了。

"写完了。"

"嗯，还有这份，这是心理咨询知情同意书，是保护来访者的隐私、防止信息泄露而制定的一系列规定，我们在咨询室里所谈的内容都属于保密的，除了某些特定情况外，来访者的权利和义务都写在里面，你可以仔细地看一看，没问题的话，签上自己的名字。"

"嗯嗯，好的。"

我顺手将她的来访登记表拿过来看了起来。

"好了。"

"嗯，好的。田姬，在你来之前，你已经对我有了初步的了解。这是我的一些资质证明，你再看看这些，会对我有更多的了解，这也是你作为来方者的权利之一。"我打开透明文件袋，将资料递了过去。

在她看资料的同时，我快速组织语言，准备正式开始咨询。

"好丰富啊！你学了这么多。我看完啦。"

"嗯，还好。咱们咨询的设置是一周一次，每次50分钟。如果没什么问题就开始了。"

"嗯，没问题，开始吧！"

"好的，田女士。我刚看了下你的登记表，你说目前很想探索自己为什么对小时候的记忆很少，还有识别自己有情绪时的背后意义。"

"嗯嗯，是的。"她点了点头。

"嗯，那咱们就先解决你最关心的这些。"

"好的。"

"那么你现在是否愿意向我分享你的一些故事？说什么都可以。"

"我愿意。我在很小的时候，哥哥就不在了，妈妈说哥哥是得病走的。我有时做噩梦的时候，喊哥哥，喊着喊着就哭着醒来了。"

"看来你和哥哥的感情很深厚。"

"好像是的，我记得不太清楚了。"

"记忆肯定是在的，有些东西被压抑得太久了，也就是潜意识，它像埋藏到我们内心深处里的百宝箱一样，被上了锁。我们不愿意打开它，不愿意承认已经发生的事实。"

"你这么一说，我想起来了，妈妈说哥哥走了后，我哭得可伤心了，把自己关在屋子里好几天呢。"

"嗯，这就解释得通了。过度悲伤导致不愿承认哥哥走了的事实，把这份情感都压抑下去了。"

"哦，明白了。"

"嗯，接着说吧。"

"我小时候，爸爸妈妈都忙，没时间带我，我是爷爷奶奶带大的。上学时，我变得很胆小，感觉缺少力量。那时候，好想有个哥哥来保护我。"

我听到这里，明白了她为什么想知道小时候的记忆不在了，这不仅仅是出于对哥哥的思念，更多的是因为缺少安全感，缺少爱。她在找寻过去的那份爱，她需要一份可以给她力量、给她温暖的爱。同时，我也有点儿心疼她了，想像个哥哥一样关爱她。

我注视着她，继续说道："聊聊你的另一半吧，你们怎么认识的，现在相处得怎么样。"

"我们是上大学时认识的，毕业后工作没多久就结婚了，现在经常因为一点小事就闹别扭。"

"可以具体说一下吗?"

"就比如孩子放暑假的时候，我们一家人出去玩，我想睡到自然醒，慢慢来，他就一个劲儿地催我，搞得我都没心情去玩了。出去玩嘛，不是去赶集，他倒委屈得很，说自己把攻略都做好了，我怎么这样?! 你说气不气人。"

"嗯嗯，你们两位我都能理解。先说你吧，生活节奏上，你平时是不是都这样有条不紊的?"

"是的，我平时就比较慢，一件事做完了再去做下一件，不喜欢被人催来催去。"

"好的，我了解了。你本身就习惯慢节奏的生活，你追求的理想生活也是像在'慢城'里一样惬意。"

"嗯呢。"田女士跟着我的言语，似乎一个"慢城"让她联想到了美好的画面，开心地、若有所思地点了下头。

"好不容易出去游玩一趟，你想慢慢地、好好地享受一番！结果，这个美梦却被他毁灭了，大清早就吵没了。"

"嗯，嗯，嗯。就是这样的。"田女士连连点头，并说了三个"嗯"，那样子可爱极了。

"好的，我理解了。可你的丈夫好像也有些委屈呢。"我边说边起身。

"你看，他能提前把攻略做好，为的是给你一个惊喜呀！他也想这次旅行好好进行，让大家都开心。然而，他看到你还是像以前一样慢悠悠的、一副提不起精神的样子，没有一些激动或兴奋得立马跟他去嗨，这难免会让这个操碎了心的男人有些失望呀，这是人之常情哦。"

"嗯。"田女士想了下，表示认同。

接着，我又用手比画着继续说："然后，这个失望的男人想叫你起来嗨，没想到触碰到了你不开心的点，相互闹了别扭，导致你很委屈，他也很委屈，你俩都很委屈，像两个受了委屈的小宝宝一样在生闷气。"

"哈哈，是这样的。"

"你俩的初心都是好的，只不过没有换位思考，没有理解到对方，说话不在一个频道，就连吵架都吵不到一个点上。"我坐了回去说道。

"嗯嗯，是不在一个频道。"

"没事的，这也是大多数夫妻经常犯的错误，本想好好说话的，都是为对方着想的，可话一到嘴边就变了味儿，没刹住！"

田女士点点头，认真地听我说。

"任何一件事都有两面性，即便是消极的事情，也能找到积极的一面。所以，当你再遇到类似的事情时，先想积极的一面，以此来控制住自己的情绪，有了稳定的情绪之后，就不会被感性冲昏头脑，才可以较好地去解决问题。否则，就跟刚才举的例子一样，你很委屈，他也很委屈，你们越闹别扭，两人心中的火也在噌噌地上升，会很容易被感性的自己所吞噬，最后像火山一样'嘭'地爆发！"

我越说越轻松自如，以至两只脚不由得向前面伸展了一下。

然后，我立马意识到不对，将脚收了回来。心想：这才是第一次咨询呢，还是要注意一下形象，礼貌是对来访者最基本的尊重。

"嗯，有道理。"田女士开心地说着。

接近尾声的时候，她也不知不觉地越来越放松，将脚往前挪了一下，又收了回来。

"那咱们今天的咨询就到这儿，时间已经到了。"

"嗯，好的，特别好。"她再次露出了微笑。

"哈哈。"

我也开心地笑了起来，并舒展了下身子，跟她又随意地聊了几句。

"我看登记表上，你有过两次线上咨询。"

"嗯，因为线上有距离感，就没有再进行。"

"那没有去找过线下咨询吗？"

"有找过，感觉都不匹配。后来学院推荐找白老师，因为还在上他课的缘故，怕双重关系（师生）影响，就准备课程结束了再找他咨询。可我先遇到你了，我来时还挺期待的呢。"

"嗯，一切都是最好的安排，我也是带着期待来的，哈哈。"

"是的，缘分，哈哈。"

"嗯，那我们就回吧。"

"好的，回。"

在回去的路上，田组又给我讲起了她和她老公的事儿。

"前几天，我过生日，他给我送一部手机。虽然，手机是我喜欢的那种，但颜色不是的。我想让他换了去，他还不太乐意，说人家肯定不换，我心想你都没试试，怎么知道不行?! 我俩就为这事又生气了几天。"

"最后呢?"

"最后，他拗不过我，把手机的颜色换了。"

我耸了耸肩："你们还是没在一个频道，不仅如此，沟通的语调也不对，你刚才向我描述的语调是不是和他说这件事时一样?"

"嗯，差不多。"

"良好的沟通建立在平等的基础上，你以那种语气去说，会让他感受到指责。他知道你喜欢这款手机，满心欢喜地给你准备惊喜，期待看到你高兴的样子，没想到换来的却是指责，指责他不会办事儿。他得有多委屈啊! 像个小姑娘一样被你欺负来欺负去的，不是他不知道可以去尝试换手机，而是他很抗拒，抗拒你不接纳他的心意。你应该先接纳他的心意，就算演也要演一下嘛，然后用平和的语调或者撒娇的方式跟他好好沟通。他是能听明白的，能听进去的，最终变得圆圆满满，也不至于这样，你说是吧。"

"嗯，哈哈。"

"哎，我发现，你这咨询划算啊！刚结束了一场，又给你加了一场。"

"哈哈，刚才是咨询关系，现在是朋友关系嘛。"

"你这嘴还会说得很。"

"哈哈，比起你还差些。"

"好吧，好吧。"我笑着回应。

谈笑之间，我们来到了地铁站。

"你坐哪条线？"田姐问道。

"我坐 3 号线。"

"哦，我 2 号和 3 号都可以，要一起走吗？"

"都行。"

于是，我们一起坐了 3 号线。

"我们接着前面的话往下说。你和丈夫之间的良好沟通是很重要的，首先你得先意识到问题出在哪儿了，慢慢改变就好了。你改变了，你丈夫就有可能受影响跟着改变。就像我举的火山爆发的例子一样，起码不会火上浇油。"

"嗯嗯。"

"没事的，这需要一个过程。你已经有所改变了，记得你刚来团体时都不怎么说话。你看你，今天可是笑得很开心呢。"

"嗯呢。"田姐露出了喜悦的笑容。

"我已经知道下次咨询该怎么做了。"

"怎么咨询?"田姐好奇地看着我。

"不告诉你，哈哈。"

"快告诉我吧，我好奇得很。"

"哎呀，现在不能告诉你，要有点儿神秘感。"

"好吧。"

"嗯嗯，我到站了，下次见。"

"好的，拜拜。"

人生的每一个"第一次的瞬间"都很让人难以忘怀，尤其是积极向上的。就这样，我顺其自然地完成了第一个来访者的第一场咨询，在无形中帮助田姐解决了她最想探索的问题，同时这也给了我很大的信心和鼓舞。

我回去之后，给工作室的群里发了消息，提醒她们咨询室的钟表有问题，按了不管用。她们称可能没电了，完事了去看看，随后问我今天的感受怎么样。我说："感受很好，我俩都是带着期待来的，挺不错的。”

“真好！未来你们会在咨询室里产生满满的移情。”刘同学发了个带笑脸的表情说。

接着，田姐也发表了自己的感受：“第一次的咨询，我的感受是轻松的、愉快的。阿兴的一些反馈让我有了一种新的视角，也对下次的咨询更期待和好奇。”

“很不错啊！”张同学连发了几个偷笑的表情跟着回复道。

一周过得很快，我们马上又迎来了第二场咨询。

这一天，田姐穿了一件橘黄色的外套走进了咨询室。

“哈喽。”田姐笑容满面地向我打起了招呼。

“哈喽，今天穿的这身衣服，让人感觉好温暖呀，看来这一周你过得还不错。”

“嗯，还可以，哈哈。”

“好的，那咱们现在就开始？”

“开始吧。”

“好的，田女士。上一次咨询时，咱们主要聊了您和您爱人之间的事儿，这次可不可以聊聊家里的其他成员，比如爸爸或妈妈？”

“可以。我爸爸属于那种不吭气的人，在家里很少说话。妈妈则很强势，做事情也比较急，家里基本是她说了算。"

"父母关系怎么样？"

"经常是妈妈欺负爸爸，爸爸大气都不敢喘一下，我那时候感觉爸爸有点儿懦弱，真希望他能怼一下妈妈。后来，不知道是他退休了，还是年龄大了的缘故，在一次争吵中，爸爸终于发火了，很凶很凶的那种。妈妈都害怕了，过来跟我委屈巴巴地倾诉呢。我虽然有些同情她，但更多的是为爸爸感到高兴，他终于爷们儿了一把，为自己的权益争取了一次。"

"父母的这种相处模式有没有影响到你？"

"有的。爸爸因为工作忙，家里的事务老是缺席，力量感也不足。妈妈对我是打压式教育，导致我以前做事老是唯唯诺诺、谨小慎微，现在则好多了。"

"就是该管的不管，不该管的可劲儿地管。"

"对的。"

"你追求的慢节奏生活，是不是也和原生家庭有关联？"

田女士陷入了思考。

过了一会儿，她缓缓抬起头来："好像是有的，妈妈经常催我，我不喜欢她催，我想按照自己的节奏来。"

"也有一些规矩、一些限制？"

"是的。" 田女士有些情绪了。

"没事的，你现在已经从原生家庭里脱离出来了，有了自己的小家，可以按照自己的方式来生活。"

"嗯嗯。"

"那你有没有像你妈妈那样对待你的孩子呢？"

"自从学了心理学就没有了，我给他独立的空间，支持他去做他喜欢做的事情。"

"嗯，非常好。看来一切都在往好的方向发展。"

"是的呢。"

"嗯，上次你说和丈夫是在大学认识的。那他当时最吸引你的是什么呢？"

"他那时候很积极向上，阳光而热情，力量感十足。" 田女士两眼发光地回忆道。

"这恰恰是你需要的，两人可以互补。"

"嗯。"

"现在呢？"

"现在他工作的劲头儿没以前那么足了，对未来没有什么规划，也没什么追求。一副'躺平'的样子。" 她有些失望地说。

"嗯，这是大多数中年男人都会遇到的瓶颈期。你能和我分享一下，你和丈夫做过最浪漫的事情吗，或者让你最印象深刻的美好时光？"

"他教我骑自行车。那是我第一次骑自行车，我们沿着休闲绿道一路骑行，看着路边的风景，微风拂过脸庞，享受着难得的静谧时刻。"

田女士像被阳光温暖了一般，幸福洋溢地回答。

"嗯，每个人对自己所经历过的第一次都难以忘怀，尤其是这样一幅甜蜜的画面。"

"嗯，是的。"

"好的，既然我们有过曾经让自己感到美好的瞬间，那么就把这份美好复制、延续下去。生活需要仪式感，它可点点滴滴，也可轰轰烈烈，只要有心就无处不在。"

"嗯嗯。"

"你要相信自己，相信你的爱人，去引导他、鼓励他。相信自己的小家以及原生家庭都会越来越好，就像你今天穿的这身橘黄色的衣服一样，温暖自己，温暖他人。这些都是可以实现的，因为你已经在改变了，在往好的方向去做了！"

"是的。"田女士开心地想着，仿佛已经看到了美好的未来。

"嗯，有一个心理学术语叫滚雪球效应，说的是小改变带出大改变，改变永远在发生。这需要一个过程，你会越来越好的。"

"谢谢。"

"不客气，时间到了。咱们今天就到这儿吧。"

"嗯嗯，好的。"

我们收拾好东西，走了出去。

"我又知道下次该怎么给你咨询了。"我突然想到，开心地说。

"怎么咨询？"田姐好奇地问。

"哈哈，暂时先不告诉你。"

"那你把这次的告诉我吧，在这次的咨询里，你上次说的技术用了吗？"

"用上了，其中有'焦点解决短期心理治疗'里面的一些技术，通俗来说，就是积极心理学，鼓舞来访者，让他看到实实在在的希望，还有一些其他的技术融合到里面了。当然，最大的技能还是我本人，我最拿手的是顺其自然、随机应变，它也是我的咨询风格。"

"哦，好专业啊。"

"你不是想从事这个行业吗？我在给你做咨询的时候，你慢慢成长学习，以后也会有自己的咨询风格。加油哦，未来可期。"

"嗯，加油，哈哈。对了，我最近报了个线上的新手成长营，是关于倾听师的，你帮我分析分析。"

"好的。"

就这样，我们边走边聊，再次来到地铁站。这一次，她没有问我是否一起回，而是不约而同地一起上了 3 号线的地铁。

聊到最后，我头有些晕了，称下回可不敢让自己这么费脑了，我的身体还在康复中，经不起这样连续性的咨询。田姐像个鬼灵精一样立马乖巧了起来，说下回结束了，我们聊点轻松的。我笑了笑，到站后，跟她打了招呼，便回去了。

过了两天，我约了田姐以及团体成长小组里的赵同学，一同为小说《成长》录制宣传短视频。

我们将时间定到了早上 10 点，我计划提前 20 分钟到。当我还在地铁站换乘时，手机突然来了一条微信消息，我打开一看，竟然是田姐发来的。

"阿兴，是这里吗？"她拍了张跟前的照片。

我看着眼熟，但一时没想起来这是哪里，就回复道："不是这儿，你应该在地址附近，稍等，我马上到。"

"好的，我在这儿等你。"她又拍了张照片。

"嗯嗯。"

我看了看她发消息的时间，居然 9 点 25 分就到了，提前了 35 分钟。我发现一向有条不紊、喜欢慢慢来的田姐变快了，而且连着两次咨询都是她先积极地问我什么时候，且能早来就早来，从没有迟到过。这一系列积极的变化，让我看到了她的成长进步，我为此感到欣慰，也替她高兴。

拍摄地址我选在了最初来西安时住过的一座公寓楼上的公共休闲区域，我们摆放完补光灯后，上镜的赵同学也按时就位，加上此时窗外照射进来的阳光，会使录制效果更佳。我们瞬间有种天时、地利、人和的感觉。

经过几次试镜、正式录制，直到大家都觉得很不错时，上天赐予的阳光也渐渐退去，一切都是那么刚刚好。

此次的短视频作品，由赵同学上镜录制，田姐负责拍摄及后期的剪辑。我感觉每个环节都很不易，仿佛我们三人各自完成一个作品又共同完成一个作品一般。真好！

结束后，我本想请她们吃饭，赵同学称有事先忙去了，而田姐则要赶回去看店。我只好和田姐一起回去了，顺便请她吃饭，再看看短视频是怎么剪辑的，也好学习学习。

路上，我对田姐说起了她的进步与变化，她谦虚地说只是想帮我。

"那是其中一个因素，人在决定做一件事时，会有多种因素来促使其行动。这一件事你如果只是第一次这么主动还说得通，可你连续好几次都这么积极，甚至比我还提前到，这说明你愿意变快了，是你自己主动变快的，而不是别人催你、强迫你变快的，这一点很重要的，也很有意义。而且，你在团体成长小组里的表现也很好，不仅又是对我打开了内心，你对其他成员也打开了，你在慢慢融入这个集体。做得特别好，你进步得很快！给你点赞。"

"哈哈，谢谢，这多亏了你，是你最先跟我有了连接，又帮我打开了对外的连接。"

"不用谢，也是你自己努力的结果。一个人要想改变，首先要有改变的意愿，否则别人出多少力都没用。"

"嗯嗯。"

"你下一步要成长的就是接纳了。"

"接纳？"

"嗯，接纳。接纳自己，接纳他人，接纳这个多元的世界。我给你讲一下，我早上过来时发生的趣事吧，你听了就明白了。"

"好的。"田姐高兴地笑了。

"我今天计划 9 点 40 分前后到达，然后按照这个点儿来分配时间。早上起来洗漱之后，便出去跑步了。因为身体不太好，我需要充足的睡眠和适量的运动，所以我没有定闹钟，看时间还来得及就多跑会儿，准备吃完早餐就骑共享单车去坐地铁来节约时间。结果人算不如天算啊！我出门找单车时，映入眼帘的两辆都是坏的，此时我还没一点情绪，继续向前走，看到一辆之后，立马掏出手机扫码，骑上去之后，车链子有问题，我赶忙下来，点击还车，接着走，这时候我有情绪了，因为毕竟是我请的你俩过来帮忙，我迟到的话不太好，而且连着两次都遇到坏的自行车，在这样双重的打击下，我有点郁闷、烦躁，但我很快又调节过来。再遇到共享自行车时，我依然毫不犹豫地选择了骑行，虽然离地铁口已经很近了，但选择骑行的话会更快。当然，这次遇到的共享自行车比较多，我果断地挑了一辆崭新的小绿车。"

"哈哈。"田姐听了觉得有趣。

"当我在乘坐地铁的时候，你发来了消息。我先是吃惊，吃惊你来得这么早；然后高兴，高兴你成长了；接着焦虑，焦虑我得赶紧过去呀，不能让你干等着。最后平静了，我着急也没用，地铁又不是我说了算，我只能在它到站之后快速赶来。"

"嗯嗯。"她一边认真地听着，一边观察我的情绪变化。

"等到了站，打开门的一刹那，我突然想上厕所了，于是毫不犹豫地先去方便，毕竟身体是第一位，前面的路还有一段呢。方便完了，我立马奔向出站口，出站的时候，气喘吁吁的我站在电动扶梯上调整呼吸，短暂歇息。出站后，恢复了一些状态的我又马不停蹄地取了一辆小单车骑过来。接下来的故事，我就和你们一起进行了。我想表达的是，从刚开始连续遇到几个有问题的自行车到后来，我都是有情绪变化的，我容许自己有不好的情绪，容许即是接纳，然后去调节自己，根据实际现状来变化应对，可慢可快也可停。"

"嗯！"她若有所思地点点头。

"我上次给你说的控制情绪的办法——遇事先看积极的一面，还记得吗？你把我今天给你说的内容和上次的相结合，就会让情绪变得更加稳定。人都是先感性后理性的，容许自己有负面情绪，再往积极的方面看，随着自己不断地成长，调节情绪的速度也会变得更快。接纳，不仅是情绪的接纳，还包括接纳自己的不足等。当你越来越接纳自己、悦纳自己的时候，你就会更好地打开自己，更好地接纳别人，无论对方好与坏，都接纳他这个人，这是一个整体，不是非黑即白的。"

"嗯，我明白了。"

"加油。"我露出了笑容。

"加油，一起加油。"

我们到了地方吃完饭，田姐就开始了剪辑，我在一旁看着她那娴熟的操作，不禁连连称赞，成品的效果丝毫不亚于专业人士制作的。我高兴地将短视频和拍摄花絮发给赵同学作为留念，并问她觉得怎么样，有什么建议或想法。她看后，也觉得非常棒，认为田姐的剪辑思路太完美了，感觉我们三个人完成了一件大事，开心地连发几个"笑脸"表情。

田姐见我和赵同学都很认可她、欣赏她，自己也有了满满的成就感以及能帮助到他人的快乐。我感觉，此时的她就像拍摄时照射进来的一缕阳光，脸上洋溢着自信而灿烂的笑容，她在向阳而生、逐光前行。

后来，我所在的咨询室的负责人不守诚信，用职场上惯用的驭人术来驾驭我，我们为此产生了矛盾。我知道自己走的时候到了，也知道迟早会离开这里，只是没想到会这么快。于是，我找来田姐说明缘由，问她是否还继续咨询，毕竟我和新的咨询室老板不熟，人家不能免费提供场地了，如果还要继续就避免不了费用。状态较好的田姐决定先停一下，等需要的时候再来找我。临别，我送给她一本心理学方面的书，助她一臂之力，希望她可以越来越好。

《成长》问世

自从出版社将赠予我的书送过来后，我就一直在等待，等待它全网上架，并提前准备好了宣传推广的短视频。

第一次出书，我的内心是期待又激动的。每隔几天，我就会在淘宝、当当等网络平台上搜索一番。

这天早上，我起床洗漱之后，随意地打开手机，看了看朋友圈，又点了下淘宝里"历史搜索"。随着一次刷新，这个像从树苗一天天成长为大树，又在无数风雨洗礼下坚韧不倒，最终从树上掉下来的成熟的果实一般，它终于出现了，《成长》终于问世了！

我满心欢喜，激动不已！过去的苦都没有白吃，我的付出有了回报，人生有了意义。

　　我开始发动人脉资源，动员大家帮我将宣传《成长》的短视频在朋友圈转发。同时，我又下载了抖音。为了宣传推广《成长》，我作为一个文坛新秀，不得不跟上时代的潮流，在抖音、微信视频号、美篇等平台发表短视频。

　　一时之间，朋友圈变得热闹非凡。我趁势在所有微信群、QQ 群里挨个儿进行转发。

　　然后，我又将目标瞄准各个网络平台上的商家，把视频发了客服，说这是给小说《成长》刚录制好的视频，可用于宣传，以便更好地销售书籍。有的平台视频时长有限制，导致发送失败，我便把自己的联系方式发了过去。一顿猛操作后，80 多个店家只有 20 个左右愿意接受我的视频，其中最让我印象深刻的是一个店老板还把电话打了过来，问我是不是作者本人，说他们进货的时候也会看看书怎么样，觉得我写得特别好。我高兴地和她聊了几句，回复作者是我本人，谢谢她的认可，希望她能帮我多多宣传，并笑称大家现在可是一条绳上的蚂蚱，要合作共赢。那位店老板很爽朗地回复："没问题。"

　　休息片刻，我顿时感觉全世界都回响着赵同学在视频里饱含情感的声音："前几天，我的一位好友让我给他推荐一本关于成长的书，最好是那种没有什么概念化，像听故事一样，可以吸引自己一直读下去。我刚好读完一本有血有肉的长篇小说，故事仿佛就发生在我们身边一样，较为贴近，让人颇有感触。就拿开篇的第一段来说吧：'人车'缓缓地上来，原本黑暗的巷道由外到内照射进光明，大家三五成群地骂骂咧咧地带着工具走了出来，大多数人没有着急进去换衣裳洗澡，而是不约而同来到澡堂旁的老地方席地而坐，互相递烟，边抽烟边唠嗑，享受着这短暂而美好的阳光浴。对于他们而言，只有在这晒太阳的半个多小时才能感觉到心跳，感觉自己还活着。平日里如打洞的老鼠一般见不到太阳，甚至还可能遇到不好的突发状况。

"这一段，煤矿工人从井下上来后一起抽烟、晒着太阳、感受着心跳，写得很真实，也很现实。这让我想到了自己对《平凡的世界》里面的情节的一些感受，较为复杂，我感受到来自社会底层的人民的艰辛命运，想想自己，那还有什么难的呢?!

"这本书的名字叫《成长》，是青年作家、心理咨询师阿兴所著，是以情感为主线的励志写实类小说，包含职场、婚姻、家庭教育等内容，已经引发一定的社会共鸣，文字通俗易懂、接地气，读起来很通畅，剧情则跌宕起伏。这不仅是一个人的故事，而且是千千万万个人的境遇，也是一部当代新青年独立自强的奋斗史!

"希望这本书可以给你积极向上的力量，愿你在成长的道路上走得更加顺利！"

我一遍遍地播放着短视频，内心不由得悲喜交加、感慨万千，感慨自己创作的不容易，能走到今天真不容易！

头一波线上宣传结束，我从手机里搜索到排名前二十的书店，并装了好几本放到手提包里，准备依次拜访。不料，连续几家均吃了闭门羹，他们都有合作方，我的书连免费放都不行。

我意识到再往下尝试已经没有意义了，便立刻改变方向去往古城区图书馆，以及市图书馆、省图书馆。正所谓"东边不亮西边亮"，他们看了我的书后，都愿意收下，并放到展厅供大家阅读。我恰巧还和古城区图书馆的馆长相遇，我们在他的办公室闲聊了一会儿，他建议我加入当地的作家协会。于是，我又装了几本书，误打误撞地来到了区文联的办公室。

"您好，这是古城区作协吗？"我敲了下办公室敞开的门，然后走了进去。

"这不是作协，作协在四楼，你走错了，这里是区文联。"

"区文联？那正好啊！您看看这本书，这是我刚出版的，送给您。"我赶忙掏出书来拿给他。

"好的，我看看。现在国家正大力支持你们年轻人勇于创作出好作品来，作品不错的话，都是可以往上去推的，没准还能获奖呢！"

"是吗？那太感谢您了。"我高兴地说。

"这样吧，我帮你联系下区作协。"他掏出手机打起了电话。

"好的，谢谢您。"

我通过区文联很快找到了区作协工作人员。我们见面之后聊得比较投缘，这位老师很赞赏和支持我这样积极向上的作者，向我推荐了一家传媒公司，说可在此平台进行新书宣传，随后又帮我联系区作协的主席，因人不在本地而称下次再说。我填完申请加入作协的资料就去往那家传媒公司。

我到了之后，传媒公司的主编招呼我坐下，拿来他们合作出版的一些刊物和当地作家的作品给我看，并问我多久会开新书发布会。

"今年马上结束了，我想先宣传一下，打算明年年初举办。"

"哦，那也行。你看看，这是上个月的一个青年作家做的新书发布会的公众号推文，好几家呢，内容都是一个模板，目的是造势。"我们互加了微信，她随即将推文转发给我。

我打开推文往下翻着看。

"对了，他也是你们古城区的，还请了很多有头有脸的人夹撑场面。"

"感觉推文内容的核心，似乎就是说来了哪些人吧。"

"可不是嘛！都是这么搞的，请这些人可都要表示一下的。"
她小声地回复。

这让我不禁想起了刚刚区作协的那位老师给主席打电话的场
景。半天打不通电话，聊了一阵儿再打时才通了，她告诉我主席
的电话不好打，一般都不接。还想起我家乡红河区那些所谓文化
圈的人，那还是我在找对象的阶段，张叔带我去见了当地的作协
主席、副主席等人，主要是为了给我介绍对象。结果，我们在饭
馆才刚一坐下，那位自命不凡的主席就脱口而出，认为我来找他
是来寻求他的提携。

我觉得这个圈子里的某些人尽管摆出一副高高在上的样子，
实则和普通人没什么区别。

最后，我跟她又聊了一会儿，便告辞了。

第二天，我来到市文联所在的大厦。刚准备随着上班的人一
起进入，却被穿着制服的工作人员拦住，称必须给对方打电话确
认之后才能放我进去。我根据网上搜索的电话号码打过去，可连
打了好几个都没人接听，我转身问前台人员他们的电话号码对不
对。得到确是此号码后，我借机再次沟通仍然无效。就在我一筹

莫展时，我穿过走廊想看看还有没有其他入口，只见一楼走廊的尽头拐角处有一个需要刷门禁卡的通道。我瞅准时机，紧跟着一位女同志一块儿走了过去，心里暗自庆幸，果然"条条大路通罗马"啊，哈哈。

我上去找到了市文联的办公室，把《成长》交给了相关人员，并借用区文联那位领导的话，说："国家现在出台政策，大力支持青年作家创作出优秀的作品，好的话是有可能获奖的。希望市文联能够支持我们这些年轻人，区文联那边已经看了我的作品，觉得不错，让我来这边也放几本。"他们听了之后，赶忙拿起我的书看了看，承诺一定会重视，也会给领导送过去。我喜悦地向他们致谢后，就继续前往下一个地方。因为市作协正在换届，省文联又不管文学这块，我便直奔省作协。

我从省作协一楼打听到负责这方面的在三楼，又经过三楼的一位中年男人的引荐，找到了正确的办公室。

"您好！我叫阿兴，是古城区作协的。"

"您好！我姓刘，您先请坐。"她边说边泡了一杯茶给我。

我们聊了几句后，我向她说明了来意，刘主任随即叫来了自己的学生，让我有什么需要可以跟她的学生沟通。

当这个戴着一副眼镜、双手捧着笔记本在胸前的女孩站在我一旁听刘主任安顿时，我竟有种不太自在的感觉，不由从板凳上站了起来，此时我俩像学生一样在听老师教导。虽然刘主任依然端坐在哪里，也让我有点儿不适，但我更愿意陪她站会儿。

过了三四分钟，刘主任起身问我怎么进行宣传，是在公众号发推文，还是其他什么方式。

"都行，只要有能宣传的途径都可以。"

"你这是长篇小说，字数有些多。我们公众号只发表一些短篇文章，而且短篇文章可是要有权威认可的，比如……"她边说边看着我的表情，似乎我刚陪同她学生一起站立的时候也有了察觉。

她见我听了那么多响亮的、权威的名字，却一点儿反应都没有，表情还是那么自然，话到最后变成了："我很欢迎您向我们投递作品，我也很荣幸认识您这位青年作家，我们会好好拜读您的《成长》。"

我觉得是时候该走了，便连忙道谢，告辞后就出了门，刘主任则一直在门口目送我下了楼梯。

出来之后，我回想刚才发生的事，以及之前的一次心理学考试，感觉"平等尊重"已然刻到了我的骨子里。那次，考试题里其中有一道：尊重的心理学核心和本质含义是什么？我当时毫不犹豫地选择了第一个——A. 心理咨询师对求助者的平等对待。

结果，答案却是我记得滚瓜烂熟的另一个选项——C. 心理咨询师对求助者的一切无条件地接纳。

就此，《成长》的线下宣传告一段落。我后面经母校的周老师指点，又在微信群旦全面撒网，到处找寻"有声小说"平台上做主播的人。最终，我找到了四位，其中与我最投缘的就是她了。她叫小美，是一个文艺爱好者、一个积极向上的优秀女青年，始终留着她最钟情的短发，显得很干练，也很有气质。由于多种爱好都和我一样，就连性格都很相似，我不禁感觉遇到了女版的我，世上的另一个我。

小美说书籍的录制会比较慢，计划下周末晚上在抖音直播间将书作为朗诵的素材看看，问我可行不。

"没问题，我需要参加吗？"

"你最好参加一下，到时候好互动。"

"好的，我还是第一次参加抖音直播。"

"我也是第一次直播。"

"是吗？！那很有意义哦，我们共同的第一次。"

"是的，天时地利人和。"小美后面跟了一个"666"的表情。

"而且第一次见面还是以这种形式，好与众不同啊。"我有点兴奋地说道。

"哈哈，是的，连麦。"

"嗯，咱们到时候几点开始，时长多久?"

"晚上十点开始，时长一两个小时，你觉得呢?"

"一小时左右吧，时间太长会有些疲惫。"

"好的，那就到 11 点，先看看效果吧。"

"嗯，合作愉快。"

"合作愉快。"

直播当天早上，小美录制了一个直播预告短视频给我。我则专门跑到母校为这次直播再加一把火，经过沟通后，母校的公众号上发布了"我校校友阿兴长篇小说处女作《成长》出版"的文章，这也是《成长》自出版后的第一个公众号发布，还是在自己的母校大力支持下发布的，我的内心感动又火热。

于是，我立马在各个平台进行宣传："大家好! 今晚十点整，由小美女士在'小美的读书沙龙'直播间与大家共同品味作家阿兴的处女作《成长》一书，欢迎大家届时光临。"

随着很多伙伴的加入和帮忙转发，朋友圈顿时又变得热闹起来。其中还有几个比较有才的朋友这样发："长篇小说《成长》一书，今晚十点在抖音直播，就在今晚! 就在今晚! 欢迎大家来做客!"

连续两个"就在今晚"让气氛瞬间变得高涨,很有感觉。我随即更改了台词,跟着一起吆喝起来。就在我吆喝的时候,其他网络平台的网友也在视频下方纷纷留言评论。

"作者用生动的语言描述了青年人成长过程中面临的困难和挑战,太有共鸣了!"

"每次看完这本书都会有一种豁然开朗的感觉。"

"这部小说充满正能量和希望啊!太喜欢了!!"

"情节真是扣人心弦,让我迫不及待地想知道结局!"

"女主角聪明可爱又有内涵,在她身上找到了共鸣。哈哈!"

"男主角勇敢坚持自己的梦想,给了我很大的启示!"

"读过这本书的人都说好,我也要加入看书的队伍!"

"听说《成长》里有很多温暖感人的故事,真是迫不及待要去阅读啦!"

"这本书真的很不错,我每天都在读它。"

"感谢作者写出这么好一本书来鼓舞我们前行,加油!"

"读完这本书后,我更加坚定了自己的梦想,向前冲吧!"

……

我看了这些评论后,觉得自己鼓舞了大家,同样大家给我的反馈也深深地鼓舞了我。除了这些可以带给众人启发和激励的评论外，其中对于男女主角的评价留言让我有点儿哭笑不得，觉得挺有意思的，说从女主角身上找到共鸣，那肯定跟她是一类人了，哈哈。还有，"情节真是扣人心弦，让我迫不及待地想知道结局！"这条评论，说明我文章的结尾收得不错，吊足了有些读者的胃口，让他们更加好奇和期待，达到了我想要的效果。

到了晚上 9 点 36 分，我和小美来到了直播间。只见直播间已经有两三位朋友搬着小板凳到位了。

"哈喽，小美。能听到吗？"

"嗯，兴哥，可以听到。"

"你那边好像有点儿卡。"

"是吗？我调整一下。"

"好的。"

小美调整好后，我们闲聊了几句，不一会儿就到了 10 点钟。于是，直播正式开始了。

"大家晚上好，我是小美，欢迎各位来到我的直播间做客。今晚，我将与大家共同分享，来自甘肃的一位'90 后'青年作家阿兴的长篇小说《成长》，和他一起走进书中这位男青年（主角）的精神世界，共同奋斗、成长，共同品味新的文学人生。刚好，阿兴老师也在直播间，下面请阿兴老师给大家打个招呼吧。"

"好的，谢谢主持人。大家好，我是阿兴，《成长》的作者，现在是一名心理咨询师。我很高兴和各位以这种形式见面和互动，也很期待和小美女士的第一次直播体验。"

"哈哈，好的，我也很期待。那咱们就正式开始。我先读一段书中最触动我内心的话吧：这句'我自己来，你别管了'我几乎每天都要说，有时候她听了就不管了，可很多时候她非要想尽办法管一管，而我又不得不多说几句，甚至再次争吵，我对往事不好的记忆也会随之浮现出来。作者这一段的描述，简直唤醒了我自己跟妈相处的感觉，我很不喜欢争吵，到最后还是和解，一次次循环。"

我时刻准备着小美的突然点名，见她读这一段似乎没有让我出面的意思，我便没有主动发言，我要做的就是全力支持、配合她，在她需要的时候再出来。

"还有开篇的几段对煤矿工人的描写：澡堂门口处，机电队的马书记正给上来的井下工人们一边递烟，一边和颜悦色地说：'辛苦了，兄弟！'我见状，屁颠屁颠地跑过来，冲马书记高兴地打起招呼。他爽朗道：'你小子是不是又混井下去了，来抽个烟！'我连连挥手：'哈哈，马书记，我不会抽烟，学会混井下就可以了。'说完便麻溜地钻进澡堂里。"

"偌大的更衣室里，空气中弥漫着刺鼻的汗酸味和烟草味混合的熟悉味道。矿工大都爱抽口烟，可井下绝对不许抽烟。除了混井下的，怎么都得待 8 小时以上，可把他们馋坏了，也憋坏了。外面晒太阳时没抽够，来到更衣室，继续冒。烟雾一冒出来，他们也跟着松了一口气似的，坐在长条木凳上跷着二郎腿的身子向后一扬，头碰到柜子上发出声响也不碍事，仿佛沉浸在梦乡里一样，全身舒坦坏了，那架势还真是赛过活神仙……"

"这几段描写得好细腻，好有画面感。"

"煤矿工人太苦了!"

直播间的朋友们开始有了互动。

"嗯嗯，是的。阿兴老师曾在煤矿工作过，我们请阿兴老师来谈谈对煤矿的看法或感受吧。"

小美朗读得太好了，我跟着她的言语进入了那个画面，一时竟没听见她在呼唤我。

"阿兴老师?"

"哦，在的。不好意思，刚才你朗诵得太好了，我在身临其境地感受着。谈起煤矿，首先让人想到的就是不分昼夜的地下世界，那里没有阳光，看到的世界都是灰暗的。所以，煤矿工人从井下上来的第一件事就是冒烟、晒太阳，阳光浴满足后，便像下饺子一样一个个跳到水池里接着泡、接着冒烟。仿佛这一时刻是他们最舒坦的、最享受的。当然，还有他们背后的温暖小家，那是支撑着他们冒着生命危险辛苦工作的动力。"

"我刚从井下上来，又在队里值班，这会儿在纸上画了好几个圈。"一位网友留言说。

"嗯嗯，我理解这位刚刚评论的朋友心中的苦闷。我们容许自己有不好的情绪，然后像他一样以画圈或者其他方式宣泄出去，不要藏在心里，不要堆积得太多，然后慢慢调节过来。"我看到评论区后直接做了回复。

"我不喜欢在这个环境工作，可又没有其他办法。"

"嗯嗯，我们既接受命运的安排，又不能认命！接受命运，会让我们对现实不再那么抗拒，心里会舒服点；不认命，则是卧薪尝胆，在接受现实的基础上努力提升自己。就像我现在辞职、卖房，孤注一掷地来到西安重新开始一样，相信自己，相信你一定也可以。"

"我们单位留不住人才啊。"另一位网友说。

我想肯定是之前单位的同事，只是由于平台的设置，我看不到他名字的全称。

"看来今天来了很多阿兴老师的朋友呢。"主持人笑着说。

"跟阿兴做 QQ 好友差不多快十年了，从他开始健身，到后来父亲去世，自己去做日化品销售，到自考大学。"又有一人跟着说道。

我忽然想起自己在 QQ 空间也转发过宣传视频，忙跟他打了声招呼，称以后会有机会见面的。

"说起销售，阿兴老师也从事过相关工作，请阿兴老师给大家分享如何做好销售吧。"

"好的，想必大家都知道'狗不理包子'，那包子店的老板做人厚道，做事认真，包的包子要比同行包得都大，而且味道极好。起初有人认为他是傻瓜，可他依然坚持了下来，久而久之，买他包子的人越来越多，名声也很快响了起来。这是我父亲给我讲的，他还告诉我，做生意就像做人一样，不要计较眼前得失，要以诚信为本。这也是为什么我父亲当年从大店出来自己干，那些顾客不用他撬，都会跟着他来的原因，就是冲着他这个人来的。"

"销售就是销售自己。"底下的网友在积极发言互动。

"嗯，我看到有人说'销售就是销售自己'。"小美也很照顾网友。

"嗯嗯，是的。其实干过销售的人都知道，到达一定的阶段，大多数人都会戴上一个面具，变得见人说人话，见鬼说鬼话，有种身不由己的感觉。可当你越来越强的时候，你会发现，做好人要比会做人更长久。因为聪明人很多，谁都不是傻子，大家更愿意跟人品好的人和有智慧的人长期相处或合作。"

就这样，从开始小美一段段地朗读，到我们之间的对谈，还有和网友的互动，我们原本计划一小时结束，结果现场气氛特别好，居然用了两个小时。结尾的时候，大家纷纷表示期待我和小美的下一场直播，我的一位发小更是让我把宣传视频通过抖音转发给他，他接着转发了一遍，看来这次直播对他而言是有收获的。而且，我后面还发现我妈也到直播间了，她一直坚持看到结束，虽然名字不显示齐全，但头像和前面的字眼使我肯定就是她。我真希望在这种形式下，她能听得进去，能有所感悟。

抖音直播结束的第二天，有一位去过直播间的朋友在微信上联系了我，想与我分享下读完《成长》的感受。

"早上好！你的书写得很不错，给了我很大的启发和思考，有想一口气读完的感觉，文笔流畅，充满生活的气息感！内容现实又真实，充满命运的过程感，在平凡的命运里显现出不平凡的精神之光。

"主人公能在平凡枯燥的工作中找到光，点亮工作，确实是难得的，精神令人佩服。我就在想，如今很多人对工作的感觉都是比较枯燥，如何才能调整对工作的认知或者态度，像主人公一样在工作里找到光，点亮工作呢？

"对于很多很多平凡人来说，这本书写出了很多人的生活画面，也给很多平凡的人增加了精神的营养和新的力量。可以用四个字来说——'涅槃精神'。其实用小说的形式去写这个人物的生平，或是梦想、婚姻、工作，我觉得还挺不错。以前如果写人生的话，可能总想的是用叙事的方式，我觉得以小说的形式展现出来还不错，又一次刷新了我对小说的认知。

"主人公相亲的情景挺有趣，憨厚、实在、现实，有年代感，让人会心一笑，这让我想到了我小时候身边的一些人相亲的情形。原本约不出来的女孩，男主有了雷克萨斯后就可以见面了，这看上去有点儿世俗，但确实是某个时代的呈现，不禁让人发笑。

"他在相亲的过程中很上心，只是关于这个'珍贵恋爱'的过程的情景描写很少，大多数笔触是描写恋爱的现实的。

"最后，我觉得每个人的经历都是宝贵的素材，如果能加上时代的元素、命运的周转和涅槃精神，就可以点亮很多平凡的生命。"

"谢谢你的认可和反馈，你是第一个说了这么多感受的人。关于缺少'珍贵恋爱'片段的建议我觉得有道理，下一本书会弥补上。"

"纯属个人观点，还望多多包涵。"

"哈哈，没事的，谢谢你。"

我和她聊完后，思索着除了新书发布会和有声小说没进行外，自己所能想到的宣传途径都尝试过了，不知道还有没有其他方法。

这天，我在看自己视频号上网友的评论时，发现有人在评论区里打广告，我礼貌地给对方回复了带有"茶水"的表情。然后，我转念一想，自己也可以打广告啊！这个既不违法，也不用交钱，只要不影响别人，找一些适合的主题视频在下面评论即可。

想到这里，我立马就行动了起来。我不一会儿就刷到了一个关于"有什么书值得一看再看"的主题视频，虽然我看到评论区里提到的几乎都是名著，但作为作者本人来说，首先我要对自己的作品认可，大众才会慢慢认可，而且那些名著不也是一样需要接纳的过程吗？我果断地留下了还没有广为人知的书名：长篇小说《成长》！并附上笑脸和大拇指的两个表情。不知道是不是有人看过这本书，还是有人去逛了我的主页，居然还有人在我的评论上点赞，而且点赞的数量对于我这个新人而言，虽然比不过那些名著，但已经很多了，这使我欣喜不已。

接着，我刷到了"风吹甘肃省，你是甘肃哪里人？"的评论，我嘿嘿一笑，跟在大家伙后面凑起了热闹："大家好！我是甘肃红河区阿兴，我的处女作《成长》正式出版发行，老乡们多多支持啊！"

当然，也有陕西版本的"风吹陕西省，你是陕西哪里人？"，把我忙得不亦乐乎，继续跟风道："我是陕西古城区阿兴，我的处女作《成长》出版发行，老乡们多多支持啊！"

这个关于"家乡哪里"的主题，有人对我的评论嗤之以鼻，也有人表示支持，其中最让我感到意外的一条评论回复是有人说"已经看过啦"，我感动得赶紧回复："谢谢兄弟，支持得很到位啊！"

然后，随着一曲气势磅礴的背景音乐，我刷到了关于宣传甘肃旅游美景的主题视频，我便直接将之前的发言复制粘贴到此视频的评论区里。没想到，作者很快给我的评论做了回复："向阿兴老师致敬！"

"谢谢您，也向您为了咱们甘肃的宣传推广做出的贡献而致敬!"我认真地回复道,并附了握手和敬茶的表情。

"谢谢阿兴老师鼓励,我们一起努力建设美好甘肃。"

"好!"我再次附上握手、敬茶,并竖起大拇指的表情。

我感觉这在评论区短暂的谈话,似乎无形中激活了我的家乡情怀,我的心又热了起来。在这一刻,曾经那些来自家乡的很多人对我造成的伤害仿佛变得荡然无存。我想,我应该为家乡做些什么,我要为家乡做些什么。于是,我写下一段话并将这条宣传家乡的视频一起转发了:"我虽是新西安人,以后也会久居西安,但我的根是甘肃的。所以,我是甘肃人,也是西安人,更是大西北人!我们一起努力建设美好大西北!"

最后,我还刷到"一人发一张照片,相中加 V,爱情不就来了吗?"这样一条搭配作者照片的主题视频。我想了想,从相册里找了张自己的照片,将宣传书籍的文字改了下,就厚着脸皮不管不顾地发送了出去。结果,有几个原创视频的女作者给我的评论点了赞,让我觉得还挺有意思的,心想:难不成看上了我?毕竟自己长得也还行嘛,哈哈!

正当我自得其乐的时候,另一位男作者说:"哥,我向你学习、看齐!"我回复:"相互学习,共同进步!"他看后又发私信给我,我俩便在私下聊了起来。我见这位小兄弟也是个文学爱好者，又有缘相遇，就决定送他一本《成长》。

过了数日，这位小虎兄弟看完《成长》后，有感而发，写了一篇读后感：

人生犹如一条多岔的道路，迤逦不绝。面对人生的十字路口，是进？是退？是左？是右？怎样才能正确选择。这大概是每个人都避免不了的话题吧。或许你家庭条件优越，身后有人为你筹谋一切，但这是你想要的吗？或许你家庭条件一般，没人给你撑伞，但自己摸索出来的路不是走得更坦然，更有成就感吗？

读书，是一辈子的事。人的一生太过短暂，玩游戏、刷视频，都只能让你一时兴奋，激情过后会莫名空虚。但是读书不一样，一本好书，值得你反复阅读，从囫囵吞枣到细嚼慢咽，读一遍有读一遍的乐趣。言归正传，写此一文的源头在于一本书——《成长》。这本书是我的一位作家朋友送给我的，是他的处女作，我很感谢他，因为送人一本书，就意味着把作者的思想一并分享出去了，这是非常难得的，而正是这本书让我有了思考。

《成长》这本书是一部小说，一部没有结局的小说，主要讲的是主人公由于无人引导和其他各种原因过早步入社会，尝尽了人间疾苦，父亲的离世更是雪上加霜，年纪尚小的他振作起来，重拾学业，考上大学。本来生活应该越来越好，然而他家里人在他人生最重要的选择上替他做了主，职业不是自己所爱，伴侣亦非自己所爱。就这样，他的人生又跌到了谷底，但他母亲、爷爷、奶奶都认为自己是在为他好，殊不知婚后的他生活一地鸡毛，工作亦不如意，年近 30 岁的他选择了离婚，从头再来，去了另一个城市发展，即使艰难困苦，他也没有放弃，依旧在追求爱情、人生理想和抱负，他始终相信那些打不倒他的磨难只会让自己愈加强大！

其实，书中的主人公又何尝不是我们自身呢?! 有人说，人生最大的悲哀就是在 18 岁的时候，在对各个学科一无所知的情况下被要求选择专业；在 25 岁左右，对社会的运行机制毫无概念的情况下被要求选择工作，这都比较符合如今的就业现状，毕业即失业的情况不在少数，更有甚者，为了避免求职，在家考研、考公、考编，这也是为什么近几年报名考试人数大幅上涨的原因；在 23 岁左右，对人际交往一知半解的情况下要求选择一生的伴侣，对于这句话我是不大认同的，这个年纪的人已经是一个成熟的人了，工作了好几年，接受了完整的教育，对于人际关系以及社会现实肯定有一个全面和清晰的认识了，那为什么在这阶段出错的人还是占大多数呢?

这样看来，每个人出错都是有极大概率的，主人公出错了，但他没有放弃，反而愈加向上，这就是这本书的内涵所在。这本书告诉我们，人生成长路上，出错很正常，要有越是艰辛越是向前的勇气、一往无前的魄力，让自己的人生更加精彩，成为自己想要的样子！

我看完小虎的读后感，觉得文笔不错，鼓励他在自己热爱的道路上坚持走下去，相信迟早有一天，他会有自己的处女作。小虎很高兴，还提出参加我新书发布会的想法，我听后表示十分欢迎，我们也算是从线上转为线下的正式见面交流了。

当我在抖音平台上到处打完广告后，力气也用得差不多了，连续折腾了这么多天，我需要好好休息一下，准备周末的沙盘培训。说起沙盘，我之前只是参加过一次沙龙体验，还没有系统学习过，正好可以通过这次沙盘培训看看自己现在的状态。

我原本期待满满地去参加这次沙盘培训，可授课人的讲课水平和风格实在让我不能恭维。连续三天的课程，他至少有一半的时间跑题，比如讲他和谁谁的合照、日本哪里哪里的风光，就连书法字也要说好几遍，甚至让学生当场对着 PPT 朗诵诗词。

这位王教授正儿八经地教学时，能把简单化的知识复杂化，干货就那么些，却包装成很精致、很玄乎的样子，嘴里动不动就说有可能获得诺贝尔奖。不知道的还以为多厉害呢！其实学明白了，就那么简单，没那么浮夸！

第一天上课，我就被他这一波操作搞得很没意思，就连他发的教材也丝毫没什么学习价值，我翻了几下就丢到了一边，像听儿歌一样坐在第一排，无聊地在草稿纸上写文章。我想，下午实际操作的时候可能就有点东西了。

到 11 点的时候，我起身准备去负一层吃午饭。不料，他居然把我叫住了。要换作以往的其他老师的课程，即便还在上课，也根本不会管你干什么去。

"我出去一下。"

"我知道你要出去，你干吗去？"

"家里有事，需要出去打个电话。"看来我不撒谎不行了。

"你怎么知道家里有事？"

"给我发消息了。"

"哦，很着急吗？下课后再打不行吗？"

"很着急！"说完，我头也不回地离开座位，大步流星地朝门外走去。

我吃完饭后，便找了个地方休息。我刚躺下没几分钟，就有朋友联系我："怎么样了，王教授还问你人呢，怎么不回来啦？"看来，他们刚下课。我随意应付了一下，就闭上眼睛接着睡了。

　　到了下午，我像没事人一样坐在教室里。这时，有人因来晚了几分钟被王教授抓了现行，在他的一再逼问下，这位来晚的成年人解释了自己为什么迟到，并向他说了不好意思，才被允许坐下。

　　王教授处理完后没有着急讲课，而是在讲台上微微低着脑袋慢慢地来回走动。

　　"我们这里有位同学撒谎都不专业，出去联系人了，手机却还在桌子上呢。"他说这句话的时候，眼睛直勾勾地盯着前排的书桌。

　　我想，应该是在说我，目前只有我一个人这么招惹他了。原来在这儿等我呢，用这种损招来拐着弯收拾我，他还真是既较真又气量小。我平静地看着他演戏。他说完了才把头抬起来继续讲课，而我的同桌（团体成员之一）则在一旁好奇地观察着我的表情。

　　下午的课，他讲了一些案例。当然，讲着讲着还是会跑偏，而且还忍不住地将前排同学的书桌摆放整齐。当他刚把我的几本书摆弄好转身离去，我立马面无表情地挥手复原了，心想：他咋那么多规矩，条条框框的？很自恋也很爱控制，真是个以自我为中心的人。旁边的同学悄悄告诉我，王教授老家是山东，大男子主义很严重。

这时，PPT 播放了他陪他女儿在做沙盘游戏的图片，小女孩儿笑得非常开心，看得出她很喜欢这个时刻。我顿时被这个画面所吸引，虽然他的讲课方式和自身性格让我有点儿不悦，但他作为一个父亲，陪伴孩子健康成长，倒让我对他的这一面有些欣赏。

因为休息的时间到了，他对这张图片没有太多解说，我反而来了兴趣，举起了手表示想提问。王教授回答了我的问题，本来是要离去的，可走了没几步，忽然想到了什么似的，他又转过身来继续给我讲解，我也打起了十二分的精神认真地听着。

每个人都有优点和不足，王教授也一样。我控制不了别人是否接纳我，但我可以控制自己接纳别人。我与王教授从刚开始的摩擦，到看到他闪光的一面，直到我最后排队找他领取培训证书时，我都是面带微笑双手去接的，说明我已经接纳了他好的一面和不好的一面，接纳了他的整体。我为此感到很高兴，感觉自己又进步了，好像这几天的培训中，接纳成为我锻炼学习和检验成果的重点。

接下来，我们组队进行团体沙盘的制作演练。我选的第一个玩具是一匹矫健的烈马，它代表着过去的我，挥别过去、奋力弃跑的我。第二个玩具，我本想找只凤凰的，可玩具架没有，又发现绿植也不错，就顺手放到了马儿的旁边，它太累了，需要生机，需要调理。第三个玩具，我选了一架桥梁，把它放在了其他人摆放的玩具旁边，想大家伙儿都能有所连接。记得在我第一次参与沙盘游戏时，我是画地为界，和其他人没有任何互动。桥梁的出现，代表了现阶段的我是一种对外打开的状态。第四个玩具，我拿了一枚深红色的小果实放在桥梁的旁边，寓意着我这段时间的收获，我对此很满意，对自己也越来越满意。后来，这枚小果实被人挪动了，主持人问我有什么感受，我回答："没什么影响，因为我接纳了整个沙盘世界，只要小果实还在这个世界里就没有一点问题！"我说到最后自己都有点儿小兴奋了，众人听了也是露出了喜悦的表情。

最后一个玩具，我找了一座带有对联的农家房子放在马儿的后方，想等一切稳定了，要创造一个充满爱的温暖的家庭。这座房子也是我头回参加沙盘游戏，当时最想拿却又放回去的玩具，现在看来，我离"希望"越来越近了。结束后，我将自己的作品取名为"美好人生"。

三天的培训里，每次上课前或者课间休息时，都会有同学现场购买王教授的书，并排队找他签名和拍照。我遇到以前一起培训过的李姐，而且当时讨论问题还在一个小组里，便送了她一本《成长》。没想到，她说了谢谢之后，转身把手机给了旁边的同学，让其帮我们拍张合照。

就这样，讲台处排着一长串的人找王教授签字拍照。而在毫不起眼的一角，李姐将签过字的和带有作者简介的一页一起展开放置在我俩的中间进行了合照。

两边都在合照，人数上形成了鲜明的对比。也许有的人看了会有嘲讽，但我心里是很高兴的，说明李姐是尊重我的，是鼓励我的。就像大学老师对我鼓励时说的话："一颗新星冉冉升起，路途遥远，望继续努力。"还有出版人宋老师在朋友圈帮我转发视频："青年作家、著名心理学家阿兴所著长篇小说《成长》正式出版发行，各大网店都有售，值得一阅！"其他朋友、长辈对我都寄予鼓励、期望。我很庆幸自己遇到了这些人，这些推着我前进的有缘人。

沙盘课程培训完了，我紧接着报名参加了学院白老师组织的行为治疗课程，这是我在学院的最后一次进修，加上还有一次去往外地的学习，我的心理学之旅基本到了尾声。

白老师这一次似乎对我很感兴趣，我坐在前排靠边的第二个位子，与他面对大家讲课的方向刚好不在一条线，而他却时不时往我这边瞄一眼，还经常让我回答问题。

这天，我们学到"模仿学习"这一知识点，白老师想让在场的三位男士先上来模仿他讲课。

"你们觉得三位男士中谁最像我？"白老师发出了"灵魂考问"。

"小杨老师。"大家不约而同地说出这位性格比较含蓄的人。

"我还以为你们要说……"白老师欲言又止，对大家的反馈显得有些失落。

"阿兴。"坐在最后排的人似乎知道了白老师所想，不由小声地脱口而出。

"好吧，那就请小杨老师先上台模仿吧。"

"可以以自己的风格演示吗？"小杨老师上台问道。

"可以。"

小杨老师本是高校的教师，他驾轻就熟地给我们上了一堂"流体力学"。

轮到我时，我没有模仿白老师，倒是模仿了小杨老师，向他学习用自己熟悉的方式和主题去开讲。

"大家好，我是阿兴。很高兴给大家上课，希望各位不要拘束，我们都是平等的，随意点就好。那么，在开始之前，我先问一个问题，在座的各位，有谁对文学感兴趣？"

"我！我！"教室里绝大多数人举起了手。

"这么多人？"白老师坐在靠边的板凳上惊讶道。

"好的，我前不久进行了一场关于我的新书《成长》的抖音直播。当时，主持人让我给大家分享下创作心得或是给文学爱好者的一些建议。今天，我把这些心得和建议也分享给各位。主要是两点：第一点是勤奋，没有人天生就会写作的，贵在坚持。就拿我来说吧，我是从流水账般的水平开始，一步步走过来的。记得那时候，我们那儿有个比较有名的期刊叫《读者》，当然其他的杂志报章我也会投递，只不过都被退了回来。后来，我屡投屡退，越挫越勇，作品终于有一天被认可了，发表了，还参加了写作比赛，如今也有了自己的成果。"

我边讲边看着台下，看着他们正认真听我讲话，仿佛有了曾经校园演讲的感觉，这一次的我表现得很自如。

"第二点则是用心。很多人一谈起创作，讨论得最多的就是'灵感'这个词。艺术来源于生活，只要你用心，脑子里一直装着这件事儿，灵感是很容易捕捉到的，我举一个来自我家乡的例子：我们那儿有一个女作家，名气不大，出了一本关于高考陪读的书籍，虽然销量一般，在当地只售卖了十几本，可作为一个普通人已经很不错了，而且重点在于她用心了，以陪读作为素材，把全职妈妈的自我价值发挥到了最大，本是平凡人却做出了不平凡的事！这一点是令人赞赏的。"

台下众人纷纷点头表示认同。

"所以只要用心，灵感无处不在！就好比我现在站在讲台上跟你们讲课，也可以成为创作的素材。谢谢大家。"

大家露出笑容，鼓起了掌。

"我本想让三位男士都模仿我的，结果一个都没有，看来都很难驾驭啊！"白老师无奈地说。

我们哄堂大笑。

白老师接着上课，讲着讲着，我发现他又要用眼睛扫描一圈了，连我靠边的地方也不放过。于是，我把交叉放在胸前的双臂慢慢放下来了，他果然扫视到我这里，我微笑以待。没想到他居然反应那么大，我不禁怀疑：这是我"假笑"造成的，还是他过于敏感？这有什么的，你讲你的，我微笑听课而已，可他却较真起来了，非要刨根问底。我只好解释了一下，称是为了尊重他而把双臂从胸前放了下来，然后对他报以礼貌性微笑作为回应。

"不要解释，解释就是掩饰。"白老师挥手说道。

然后，他缓慢地走动，停下来后，又微微低头注视前方的书桌角。

我一看到这似曾相识的场景，马上想起了培训沙盘课程的王教授。

"你从早上一进教室门开始，就在做形象管理。好了，就点到这里，我们继续。"

此言一出，我内心一震，没想到他完全学到了王教授的真传，诬陷的手段倒是模仿得很像，连要出招前的举止都是一模一样的。我明明昨晚没睡好，一进来就打哈欠，还趴在桌上小眯了一会儿，他还真是关注我啊！

这时，有了解我的同学转头看我，我冲她笑了笑，她便放心了。但事情并没有完，白老师好像吃了炸药一样，在一次问答环节，他直接点名我们小组的一个成员张姐来回答，可张姐不太想回答。

他直言："你总结啊！你不是很会总结吗？"

白老师一副阴阳怪气的口吻，让人听了很不舒服，我感觉他真像个女人，就差翘兰花指了。他以前可不是这样得理不饶人的，更不会这么关注我们这块儿。我看着张姐紧紧握着中性笔的那只手，决定加以回击，收拾收拾他。

又到了问答环节，问题是在咨询过程中有没有发生过值得注意的"行为"，我胸有成竹地举起手来。

"好，你来吧，阿兴。"

"说到行为，我想起了您之前说的形象管理，我在和我的第一个来访者田姐做咨询时，确实做了形象管理。那时我们的咨询到了尾声，我的状态越来越放松，自己的两只脚竟不由得向前伸展，然后我马上意识到第一次咨询就这样做不太好，又快速将脚抽了回来，调整了坐姿。而且田姐也是一样，我们都达到了很松弛的状态，整个场是很安全的、很自如的。到了第二次咨询时，我俩直接放开了，她脸上的笑容也越来越多。"

大家听后，纷纷看向中间坐着的、正在开心对着我笑的田姐。

白老师露出一脸苦恼的表情，说："这是一种退行的表现，任何一种流派都是鼓励退行的，咨询师也不例外，咨询师会先放下身份，鼓励咨客的退行，这对咨询的良好进展有很大的帮助。"

他解释完后，又嘟囔道："谁知道你俩之前干了什么！"

我看了他的反应，心里暗自窃喜。

课程继续进行，我出去方便了一下，回来看到有人站在教室最后一排听课。坐了那么久，我也想站一会儿，便跟着站在后面。

我扭扭腰活动了下身子，双臂交叠在胸前，看着讲台上讲课的白老师。不一会儿，白老师又要提问，和我一块儿站在后面的女同学突然举手发言，我扭头看向她，可双臂交叠在胸前的姿势却没有变。我本来摆出的是一个无意的习惯性姿势，但突然有这么好的一个时机，我当能错过？于是，我在她回答的短短几分钟时间里，一直保持这个姿势，从无意变成了有意而为。心想：你不是不让我解释吗？不让我说话吗？此时无声胜有声，你能奈我何？看！肯定会看见，而且很多人都会看到。

下了课，我心情愉悦地和小组成员一起去吃午饭。吃饭时，她们好奇地问我怎么变得这么厉害了，跟上回精神分析课简直判若两人，时间相隔得也不长，怎么变化这么快。

"上精神分析课时，我的身体状况不太好，大脑的反应很迟缓，像钟表一样转不动了，全靠意志力才坚持上完。这回，身体状况有了好转，而且我也在不断成长，所以会让你们感觉反差很大。"

"这让我感到了男人和女人的差别。"

"我觉得阿兴会继承白老师的衣钵，成为下一个优秀的咨询师。"

我们三人说说笑笑地吃着麻辣烫，这让我感觉很放松，同时我对这次机缘巧合下组队的小组表示满意。因为我们不仅私下相处得舒服，而且在课堂上的对练环节上也练习得很好。

到了下午的"空椅子"练习时，小欣作为咨询师，我扮演来访者，张姐则是观察员。

"您好，你在人际关系中有什么需要解决的问题吗，或者想要完成却没有完成的事情？"小欣开口询问。

"有，是关于我和我去世的父亲的。"我想了想，做出回答。

"好的，我们今天可以用'空椅子'技术来完成你的心愿。请你在这张纸的两端分别写上'我'，还有'父亲'的字样。"

我听着照做，写好给了她。她将纸撕成两半，把它们分别放在了两张空椅子上，并询问我想先扮演父亲对自己说些什么，还是先当自己对父亲说些心里话。

我选择了放着"我"的那张纸的椅子，一屁股坐在了上面。

"好的，现在你想象着对面空椅子上就坐着你父亲，你有什么话都可以对他说。"

"老爸，我好累，我好累啊！小时候，我一直以你为榜样，想成为像你一样的优秀男人……"

"现在换个位子，你坐在父亲的位子上，看看父亲会对你说些什么，好吗？"

146

"嗯嗯。"我坐在了对面的椅子上。

"好的，现在你看着写有'我'的空椅子，你觉得父亲会对你说什么？"

"父亲……"

我说了一个"父亲"后，便沉默不语。然后，我想起了曾经自己摆地摊卖牙刷因天气不好打算偷懒却被父亲训斥的场景。想着想着，我忍不住流下了眼泪，还说出了一句话："儿子，你现在已经做得很好了，我以你为骄傲！"

说完，我两眼发红，泣不成声，转身去了洗手间。

我庆幸在这次练习中做了来访者，与父亲隔空进行了对话，虽然最终忍不住落泪，内心既难受又欣慰，但我还是挺高兴的。第一次体验这个技术，就跟父亲说话了，我终于跟父亲说话了！我挺满足的，我也一定会实现自己的梦想！

我们互相练习完后，围在一起随意地聊天。当白老师巡场到我们这儿时，我们三人不约而同地停止了对话。

"你们怎么不吭声啦？"

"我们刚练习完，在聊天呢！白老师。"

"哦，那接着聊嘛，你们在聊什么？"

我赶紧使眼色，示意她们不要说。

147

"学院不是正准备招咨询师吗？我们在探讨这个话题，阿兴不去，他要去陕西方元心理咨询中心。"

由于白老师站在我的身后，我没有看到他的表情，而我对面坐着的两位同学却刚好可以看到他。

"白老师，你放心，我始终跟着你的步伐。"

我听到这样的话，不由好奇地转头看去，只见白老师的表情已经恢复了原样，但他的一只手还在用力地捏着软椅靠背。

"没关系，良禽择木而栖。"他用听起来比较洒脱的语气说出了这句话。

我一方面知道学院已经认可了我的能力，另一方面庆幸自己没有选择学院，否则就像白老师捏椅子靠背一样，绝对会被他或者学院其他人想方设法驾驭和控制，加上他曾经对学院种种不公平对待的吐槽，我更加坚信了这一点。

几节课下来，我觉得白老师与团体里最刺头的一个人特别像，两个人都有过童年被原生家庭忽视和控制的经历，都喜欢被关注，最好是全世界只关注自己一个人，也就是以自我为中心的全能自恋。没想到，我竟然无形中成了他们攻击和控制的对象。我想：随便吧，反正还有几节课就结束了，以后也没机会见面了，我该干吗就干吗去。

不知不觉间，到了寒冬。我感觉自己打了一年的仗，依旧曲折不断，还很疲惫，但心里是畅快的，因为我活出了自我。

由于天气变凉，我尽管穿着厚袜子，脚还是变凉了，身体状况开始下滑。给我看病的曹大夫也有些吃不准，频繁换药、换方法，可还是于事无补。医馆的另一位老大夫建议我换人医治，每周三下午两点钟有国医大师刘大夫坐诊，这位刘大夫的级别要比曹大夫高，医术更精湛。

我听取了他的建议，再次来到了医馆，排队等待刘大夫的诊治。

"你这是阳虚啊，得好好调理下。一定要心情好，心情好气血就通畅了。"刘大夫边把脉边说道。

"嗯嗯，是的。"我微笑回复。

刘大夫感觉七八十岁了吧，他给我把脉的手有些冰凉，指甲盖上和我的一样都有竖纹。

"你艾灸着吗？把艾灸加上会更好些。"

"艾灸着呢，我在房子里自己艾灸。"

"好的，那我给你开些药，你先吃着看看。"

"好的，谢谢您。"

等我第二次找刘大夫时，我告诉他没什么变化，脚还是冰凉，睡眠始终不正常，早上起来有时候还会拉肚子。

"这需要一个过程，我今天换几味药。"

"嗯，好的。"

到了第三次，我的病情仍然不见好转，不过我的情绪状态倒调整得挺好。我除了做好保暖，唯一能控制的也只有我的情绪了。

"刘大夫，您好，我又来了。"我带着困意，冲他笑了笑。

"这一周怎么样？"

"还是老样子，没什么起色。"

"把手伸过来，我把一下脉。"

150

只见刘大夫神情凝重，就连把脉的手都有点微微颤抖。我感觉一向从容的他，面对我这个病号竟有些不淡定了。

"咱们再试试。"

"好的。"

我嘴里笑着答应，心里却在想下次还要不要找他，我住的楼下有一家新的医馆，过几天就准备开张呢。然后，我又转念一想，其实吃了这么长时间的药，自己也对中医多少有些了解。只要方向是对的，无非就那么些药，我前段时间被伤得太严重了，现在天气变冷，无疑是雪上加霜。想到这里，感觉在哪里看病都一样，吃完药再说吧！

当我将第三次的中药吃到一半时，我面临资金不足的新问题。由于当时房产证没有下来，我卖房子的钱只拿了首付。

我从事的心理咨询师行业在西安就业要比其他发达城市更困难些，主要原因是本地培训资源匮乏，想得到更好的提升就要去外地学习。这导致市场选用的人才都是曾经持有国家二级心理咨询师证的人，因为拿二级证的人年龄基本都是中年以上，已经有了丰富的从业经验。可自从二级证取消之后，取而代之的中科院证书是近几年才兴起的，应聘者需要经过漫长的学习和相关的实习，到最后用人单位要不要还不一定，心理机构还是会首选拿二级证的人。而在超一线城市的心理咨询行业，即便是持有中科院证书的人也很好就业，因为培训资源多，蛋糕大，能发展得更好。而我才刚刚进入这个行业，没有多少收入，学习心理学、看病、房租等生活费用却在不断支出。

面对穷困潦倒的现状，我想起了纪录片《蛮族崛起》里的一句话："就是要在山穷水尽，在走投无路时继续前进，才会有更多的锻炼，才会有可能成功，才会有更大的成就。"于是，我做了一个大胆的决定，反正药吃得效果不大，把药停了也就停了。生死由命，怕什么！我要继续向前迈进，哪怕是死神也无法阻挡我前进！

就在此时，外地的培训机构一位老师通知我，有些学员不能按时过来，所以课程从线下转为线上教学。这对我来说，真是一个振奋人心的好消息，我兴奋地拍了下房间的墙面："太好了！真是人不帮你，天都帮你！"这使我省下了不小的一笔费用，高兴的我当即决定出去吃了一顿好的。这段时间我节衣缩食，有种勒着裤腰带过日子的感觉。

第二天早上醒来，我发现朋友圈铺天盖地地发着昨晚地震的消息，我定睛一看，震源还是位于我家乡附近的县区。我赶忙给妈妈打去了视频电话，知道一切安好后，又给张叔打去电话。

"张叔，听闻昨晚地震了，你那儿好着吗？"

"好着呢，你呢？"

"我这边没事。好着就行，你最近怎么样？身体还好吧？"

"唉，别提了，我上次疫情检测出阳性之后，还没有康复，就又感冒了，真是祸不单行！"

"那你睡眠就更不好了，吃饭怎么样？"

"是啊，入睡更困难了。吃饭也不行，吃不了多少，身体变得很消瘦。我都有些焦虑了，一整天没心情去做其他事，整个心思全放在治疗感冒这个问题上。"

"啊？！"我不由惊道，然后，又快速调整过来。

"张叔，我理解你现在的心情，就像我之前看病时一样，原本的病还没看好，又得了痔疮，我那时候和你现在一样烦躁。经历这么长时间的折腾，有负面情绪是人之常情，我们容许自己有不好的情绪，是可以发泄的，但我们终究还是要面对的，不能被病魔拿捏住，一定要把情绪调节过来，积极地去面对。我们也许控制不了自己的躯体症状，但能控制自己的情绪。正所谓身心一体，心情好了，会对你的病情有所帮助，而心情不好，则会加逗病情恶化。"

"有道理，咱们不能被病魔拿捏住！"

"嗯,张叔。我最近在琢磨'死亡教育',其核心思想还是跟心情有关,没有人能够躲过那一天的到来,可越害怕那一天的到来,越是加剧自身的心理负担,如果还有躯体症状,无疑会使病情加重。而最好的应对方法就是不要去想它,不要去管它,就像睡觉一样,什么时候睡着了,什么时候离开了,都不会有人立马知道。只要总结经验教训,继续勇敢前行,保持积极乐观的心态去过好每一天就好。这样不仅能克服对死亡的恐惧,还能延年益寿。"

"是的,心情确实很重要,我们都要积极地去面对,去打败它。可是,那些比咱们还严重的人怎么办?他们想心情好或者调节情绪是有些困难的。"

"嗯,是有这样的情况。张叔,记得我当初和你聊天的时候,就聊到人不能只追求物质娱乐,还需要精神信仰。我想表达的是,理想信念会帮助我们克服艰难险阻,让我们越挫越勇!有了这些精神力量,加上情绪调节的方法,我相信不管怎么样,我们都会继续前行。当然,如果有了追求的东西,那就更好了,因为有些东西要比生命更重要,或者说我们所追求的就是生命的意义和价值。到了最后,所达到的境界就是'无畏',无畏生死,看淡生死,抓紧珍惜时间,把时间用在该用的地方,还哪有空去想别的呢!"

"说得很对!这样就没问题了,剩下的就是看个人的修行了。"

"嗯,张叔,咱们一起加油,我还要和你见面呢!"

"哈哈,好的,一起加油!你自己也要多保重。"

"好的,好的。"

挂了电话,我感觉这次的通话不仅激励了张叔,而且激励了自己。我随即联系了团体成长小组的主持人,商量下次团体活动由我来主持,做一场儿童性教育家长沙龙活动。趁离返乡还有些时日,我要多做些自己想做的事。

到了沙龙活动的晚上,我把大家叫到外面的大厅,先做一个热身小游戏,做完了再回到会议室。

"所有人围成一个圈。这次游戏的名字叫'我爱你与不要脸',规定只能对自己左边的人说'我爱你',对右边的人说'不要脸',两个人只能连续对话三次,一旦有人说错,要么表演个节目,要么做四个深蹲。大家都明白了吗?"我站在圈中间解说。

"对左边说'我爱你',对右边说'不要脸',是吧?"

"是的,你们要是准备好了,我可就要指定一个人开始喽!"

"准备好啦！"

"就从你开始吧，大家动起来！"我随便选了一位正面对着我的伙伴。

"我爱你！我爱你！不要脸！不要脸！我爱你！……"

随着一阵哄笑声，大家开始了游戏互动，这期间有一个人出错了一次，现场唱了一首歌曲。还有一个人不知是反应比较慢，还是很长时间没有这么放松了，连着说错了好几次，她都选择了做深蹲，蹲到最后向我发出了求救信号。

我见状，笑着拍了拍手："那咱们热身游戏就先到这儿，我们去里屋吧。"

"嗯嗯！好的。"

见他们都坐好后，我站在投影仪旁边，正式开始了今天的"儿童性教育沙龙活动"。

"大家对刚才的游戏有什么感受，有没有不好意思的？"

"没有不好意思，感觉挺好玩的！"一个同学率先举手发言。

其他人也点点头，表示认同。

"我有点儿不好意思，我旁边站着的是一位男士，对他说'我爱你'时会有些害羞。"另一个同学也发了言。

"好的，在游戏互动的时候，有人会羞于启齿。在现实生活中，当我们在跟孩子谈论到与'性'相关的敏感的词汇时，是不是也会羞于启齿呢？"

大家点点头。

"嗯，所以我们今天的沙龙活动主题就叫'羞于启齿的儿童性教育'。"我用手指着屏幕上的 PPT 说道。

"有没有人愿意给我们分享一下在家庭生活中发生过的类似的事情？"

"我会给孩子买关于身体的绘本书，陪他阅读。"

"嗯，非常好！"

"有些时候，孩子问的问题，不知道该怎么回答。"

"那你是选择回避还是……"

"回避了，感觉社会很缺乏专业的老师来普及这方面的知识。"

"嗯，好的。那究竟是不是这个原因呢？我们来看这张 PPT：2017 年 3 月北京师范大学儿童性教育课题组出版的一套儿童性健康读本。在这套教材的小学二年级下册中增加了'爸爸妈妈相亲相爱'以及'爸爸把阴茎放入妈妈阴道里'的内容。于是就有一个家长在微博上吐槽，说学校的性健康读本的尺度太大，甚至怀疑自己拿到了一套假教材。然后，这件事情一下子在网络上引起轩然大波。很多人质疑，说把这么直白的画面展示给二年级的孩子真的好吗？真的不会让孩子因为知道了这些而去模仿尝试吗？最后，尽管课题组拿出了理论依据和实验结果，这本教材还是被下架了。

"我理解这些质疑的家长，我们小时候没有性教育，就算是生物课，都会男女分班上，所以大多数人羞于谈性，教材里出现这种图片，的确会一时之间难以接受，而且很担心孩子过早知道这些，会带来不好的影响。我个人认为，教还是要教的，只不过要讲究方式方法，有些内容不可以那么直白地展现出来，但可以用另一种大家更易于接受的方式进行教学。如果避而不谈，会让人感觉性是不好的，或者会变得更好奇。因为现在是互联网时代，孩子知道的比我们还多。你不说，他会好奇，你说明白了，他也就觉得没什么了。比如，很多小学生不知道说脏话是一种不文明的行为，还以为说脏话很酷呢！当你给孩子讲明白了，他就知道了，就不会再说了。当然，尽管任何事没有绝对性，但可以降低它发生的概率。所以，父母应该让孩子有所了解，然后培养孩子的其他兴趣爱好，让他的生活丰富化，让孩子知道这个世界还有更美好的事物，别让孩子觉得太无聊，该陪伴的时候好好陪伴。

"我认为缺乏这方面专业的老师是一方面，但更重要的是家长的性态度和言传身教。儿童性教育实则就是家庭教育的一部分，学校负责性教育老师教不教、教得好与坏是他们的责任，而父母有没有意识到需要给孩子讲则是自己的问题。都说父母是孩子最好的老师，我觉得父母也是孩子最好的性教育老师。其实性教育没那么难，它无处不在，从出生到我们离去一直伴随，由父母来告诉孩子是再合适不过的了。比如，女孩子来月经了，男孩子遗精了，告诉他们这是正常现象，不需要害怕和羞耻，可以给孩子举行个仪式感来庆祝，这不仅让孩子知道了这些常识，还会让孩子感到父母对其满满的爱。包括洗澡的时候，父母都可以给孩子顺便讲讲，就像身体绘本所展示的一样。"

众人思考了一番，点了点头。

"好的，我们看这张 PPT：夫妻俩躺在床上，两个人都扭过头，中间写着'羞于启齿'四个大字。假如你和你的爱人正在房间里进行一些不可描述的事情，这时候，你们的孩子突然推开门，你该怎么办？"

"立马穿上衣服，让孩子赶紧出去。"一个人脱口而出。

"孩子要是不出去呢，还要问你们在干吗呢？"

"那就一脚踹出去！"

"哈哈!" 大家听了都笑了。

"这样暴力处理,实际上还是在回避。我们来玩个角色扮演的游戏吧,谁愿意参加?"

"我!"

"好,那你就扮演 6 岁的孩子,我扮演家长。"

"嗯嗯。"

"现在就开始了,你突然闯进卧室,要找我陪你玩。"

"好的,我进来了。啊!你们在干吗?!"

"哦,是朵朵啊。我们在表达爱,你先出去玩。爸爸等下过去给你说。"

"好吧。"

"朵朵,刚才爸爸和妈妈在用一种方式表达爱,这件事情也是爸爸妈妈的隐私,希望你能替爸爸妈妈保密。还有,以后进门的时候要先敲门哦。"

"表达爱的方式?我也要加入。"

"哈哈,你现在还小,只有你长大了,像爸爸妈妈一样,遇到彼此都喜欢的人,在双方都愿意、平等尊重的情况下,才可以用这种方式去表达爱。"

"长大了才可以啊,那得多大呢?"

"要等你把学都上完了，步入社会参加工作的时候。"

"为什么要那么久？"

"因为在此之前，你的身体还没有发育成熟，过早地去尝试，会有损自己的身体健康，对于你喜欢的人也是一种伤害。所以，要领了结婚证才可以哦，这样对双方都负责。"

"哦，我明白了。"

"好的，我们的角色扮演就到这儿。谢谢朵朵同学的参与。"

大家伙儿笑着鼓起了掌。

"刚才的角色扮演游戏告诉我们，遇到这种事情，家长自己一定要放松。虽然我们尽量避免让孩子看到自己的性行为，但是孩子看到父母的性行为并不代表会给孩子留下心理阴影。而如果家长不坦诚面对，孩子会有可能对此产生误解。因为大多数 6 岁以前的孩子并不能理解性行为是什么，他们更多的是好奇爸爸妈妈到底在干什么。如果孩子已经好奇了、发问了，那么家长一定要主动给孩子解释，否则孩子很可能会想办法从其他渠道了解。与其这样，不如我们自己来告诉他。家长不需要面面俱到，可以先了解孩子好奇什么、想了解什么，试着用孩子能够理解的言语解释给孩子听。让孩子明白，性是一种隐私的行为、一种相互尊重的行为，绝不是一件羞耻的事情，让孩子以正确的态度了解性、认识性。"

"嗯嗯。"

"我们接着看下面的 PPT。这是关于身体构造的卡通图片，它标记出鼻子、眼睛、五脏六腑，包括生殖器等的名称。再看看我手上拿的这本《我们的身体》3D 立体书。现在大多数刚当上爸爸妈妈的人都会买这样一本身体绘本给孩子指导讲解。我们打开这本书会发现，里面的内容很丰富，唯独在儿童人物的生殖器的标注上只用了'性器官'三个字一笔带过，并没有像介绍其他身体部位一样写出它的名字。既然我们已经可以接受身体绘本这样的书籍，那么为什么不能再进一步呢？就把这些性器官、身体的一部分，当成水果一样看待，当成很平常的一个词、很正常的一件事儿就可以了。若连这个都不好意思说出来，就没办法给孩子进行性教育，终究还是一个回避的态度。

"现在，我们来玩一个游戏，游戏名字叫'拍拍乐'，它是一款将桌游和性教育结合的游戏产品。我们先了解一下这几张科普牌里对性器官的名称和作用的介绍，我再把带有性器官名称的卡通图片牌均分给各位，并将牌的背面朝上置于每个人的面前，确保不知道出的牌是什么牌。然后，大家轮流地拿出一张牌到桌面上，只要其中有一个图案元素恰好是五个，就可以抢按铃。铃响后，必须说出五个元素的名称，比如五个精子、五个阴茎。第一个按响铃铛且正确说出科学的名词的人可以拿走桌面的卡牌，说错了则把牌留在桌面，继续发牌直到有人抢答正确为止。最后，持牌最多的玩家获胜。我今天带来了两副'拍拍乐'，刚好你们 7 个人可以分为两个小组。"我边说边把"拍拍乐"里的用具从盒子里面取了出来。

随着"砰砰"的响铃声，他们开始了游戏。

"下手轻一些，别把别人的手打断了。"

"哈哈哈。"大家伙儿玩得不亦乐乎。

游戏到了尾声，每个人的脸上都流露出松弛又欢乐的神情。

"通过这款游戏，不仅可以学习到性教育的知识，还可以体会到桌游的乐趣。在游戏的过程中，玩家会自然而然地说出生殖器官科学的名词，将平时羞于启齿的性器官词汇脱口而出，既锻炼了玩家的眼力、脑力和算术能力，还降低了参与者对性词汇的敏感性，也就是脱敏了。"

"这个'拍拍乐'游戏可以和孩子一起玩吗?"

"可以的，适合 6 岁以上的孩子。孩子要是能明白，年龄范围也可以放宽，自己掌握。"

"嗯嗯。"

"太好玩了，我拍得手都疼了。谢谢你，阿兴，我已经好久没有这么笑过了，最近遇到的事儿都是不如意的。"另一个伙伴也不由得分享了感受。

"真好，能帮助到你，我很高兴。其实，学习就应该这样，学中玩、玩中学，让人感兴趣，主动地去学习。我们成年人有时候也应该对自己好一点，该停下来的时候要停下来，休息好了才可以更好地前行啊。"

"嗯嗯，是的。"

"好的。最后一个环节是说说自己今晚参加活动的感受，或者有什么想提问的都可以说出来。"

"我先说吧，从刚开始的互动游戏'我爱你与不要脸'到结束，我意识到自己有很多的限制，在性的方面是羞于启齿的。总的来说，我的整体感受特别好，这也给我指明了一个教育孩子的方向。"

"嗯，能意识到就很好，慢慢打开自己，如果自己对自己都有各种限制、各种不容许，那么孩子也会受到影响的。"

"嗯，对的。"

"阿兴，多大的孩子可以开始进行性教育呢？"

"这个问题问得好。很多人认为性教育至少是孩子进入青春期后进行，其实不是的，性教育从孩子出生那一刻起就可以开始了。当孩子出现第一个与性相关的行为或者问出第一个与性相关的问题时，就是我们对孩子进行性教育的最佳时机。比如，有一天孩子问你：'我是男孩还是女孩？'父母回答孩子：'你是女孩。'这就是开始性教育的机会。

"家长要抓住每一个机会，持续地对孩子进行性教育，会让孩子从小就意识到：性这个话题不是不能谈论，也不是什么不好的话题，当自己有疑惑的时候，可以从父母那里获得解答。这样，孩子在成长过程中，在面临性的困惑时，更有可能从家长这儿获取正确的信息，而不是从我们不了解的渠道获取错误或有偏颇的信息。

"再举一个例子，'月经'一词一般是在女孩子青春期的时候，父母告诉她的，对吧？但是，假设孩子只有7岁，她从垃圾桶里看到了妈妈用过的带血的卫生巾，那么我们是按照年龄标准，等孩子到了青春期再跟她说，还是既然孩子问了我们就告诉她，她能理解到哪里，我们就告诉她到哪里。显然第二种方法会更加适合，只要孩子感兴趣了，好奇了，或者我们觉得孩子应该知道了，那么我们就可以教孩子。"

"如果孩子问的问题越来越深入，我们应该怎么对孩子说呢？

如何把握好这个尺度呢?"另一位团体成长小组的成员问道。

"我就以'我从哪里来'这个经典问题来举例说明吧。刚才说到,孩子问了我们就告诉她,他能理解到哪里,我们就告诉他到哪里。随着孩子不断长大,认知能力越来越强,问的问题也越来越有深度。刚开始他可能只是问'我从哪里来',当得知自己是从妈妈肚子里来的时候,他就不会再问下去了。随着认知能力的变强,他开始好奇'我是怎么出来的',再长大一些可能又会开始好奇'我是怎么进去的'。

"我们可以借助一些以出生为主题的绘本或者卡通图片、视频来帮助孩子理解性,给他讲讲生命教育。告诉他,动物生小宝宝是分卵生和胎生的,它们是怎么来到这个世界的,以动物的案例告诉孩子,性、精子和卵子不是只有人类才有,在整个大自然里,性无处不在。生命的孕育和诞生是大自然中最普遍的现象。生命是宝贵的,生命来之不易。我们不仅要珍爱我们的生命,还要珍惜其他动物和植物的生命。

"所以,尺度的问题,一方面是性教育态度的问题,即说与不说;另一方面,性教育和其他学科一样,都有一个循序渐进的过程。在这个过程中,我们应该思考如何说孩子才能够听懂,更好地理解。

"还有，家长要是担心孩子因为知道了性行为的存在，就和幼儿园的某个小朋友尝试模仿，你可以把自己的担忧和建议说出来，就像前面的角色扮演游戏一样，直接告诉孩子：'你还小，生殖器还没有长大，现在是生不出孩子的。如果你现在这样做反而会受伤。等你长大了，遇到自己喜欢的人并征得对方的同意，才可以做这种表达爱的行为。'

"那么，今天的活动就到这儿了。我向大家推荐几部性教育片：《丁丁豆豆成长记》《1 分钟性教育》《父与子的性教尬聊》。你们可以自己先看看，如果可以接受的话，就陪同孩子一起观看。

"最后，性教育的内容不单是认识生殖器官和预防性侵害，还包括帮助孩子保持生理健康、心理健康，树立正确的价值观，让孩子健康地融入社会，拥有健全的人格。虽然没有性教育，孩子也会长大，但是有了性教育，孩子会更健康地长大。谢谢大家！"

"谢谢阿兴！"

"谢谢阿兴老师！"大家满面笑容地鼓起了掌。

在回去的路上，田姐问我怎么想起做儿童性教育了，她也对这个方面很感兴趣。

"我是在大学的时候，有幸听了一场关于儿童性教育的讲座，从那一刻起，我就认为性教育很重要。后来，我知道了和我接触过的女孩子里，有几个被性侵过，给她们造成了很大的影响，这使我更加意识到这是一个值得我们每个人都重视的社会问题，尤其是为人父母者。所以，我认为性教育一定要学，况且我以后成为父亲也会用到。"

"嗯，是的，我赞同。那为什么今天先是开展家长沙龙活动呢，后面还有儿童专场吗？"

"嗯，后面会有儿童专场，先安排家长活动是因为：一方面，教学应走在发展前面，只有父母以身作则、言传身教做好孩子的领路人，孩子才会变得更好。就像我前面说的，父母自己对性都羞于启齿，采取回避的态度，那么孩子也一定会受到影响。而且，有些人认为教育孩子是学校的事儿，跟自己没多大关系，甚至花很大代价让孩子去好的学校。

"殊不知，父母的科学引导才会使孩子树立正确的价值观和养成良好的行为习惯，学校资源只是辅助配置，如果没有好的家庭教育，再高的配置也于事无补。老师教学生是天经地义，可父母是孩子第一任老师、第一个模仿的对象，所以父母更应该好好教导自己的孩子。另一方面，儿童性教育目前处在萌芽的阶段，虽然越来越多的人开始接受它，但还是有一部分人的思想比较保守，尤其'毒教材事件'，其图片内容过于直白，很难让这部分人一下子接受，内心可能更加抗拒。所以，先让大家了解我讲的是什么，他们要是能多接受的话，就会放心让孩子们来参加。"

"嗯，明白了，你做得挺好的。加油！"

"哈哈，谢谢。"

我回去后，赶紧躺到床上，感觉自己把今天所有的精力都用在了这次的沙龙活动上。由于天气越来越冷，我的身体状况越发不乐观，鼻头上的潮红也因此持续好久都没有消退。我休息了片刻，就掏出手机买了回家乡的高铁票，打算把心理学院的最后一节技术课程上完后第二天就回去。

在等待最后一节课程的时候，我又联系了几家咨询室，想利用时间再做几场性教育活动。其中，有一家咨询室跟我第一次工作的咨询室一样，都是学员合伙开的，而且就连其格局也是一般大。他们无论是在发公众号推文的细节里，还是活动招募人时，甚至在活动现场，都有意地跟我对着干。

我因为身体不适，大脑又像夏天上精神分析课一样变慢了，加上主办方的几个年轻人故意拆台，沙龙活动的整体效果没有头回的好，但我还是坚持了下来，用我在活动最后环节的话来说：

"俗话说'万事开头难',第一场家长沙龙的核心思想就是对性脱敏,如果始终羞于启齿,开不了口的话,那后面的课程就没办法进行了。我从'我爱你与不要脸'的互动游戏开始做铺垫,编排的整个课程内容,为的是让大家循序渐进地去接纳它,性就像一个水果的名称一样,很平常、很正常。同时,儿童性教育还会无形中让我们更进一步地打开自己、容纳自己,就好比我主持的这场活动,肯定有出错的地方,但我容许自己出错,只要大方向是对的,然后不断总结经验教训就好。"

散场后,有一位自始至终戴着口罩的老师在楼下与我进行了短暂的交流,互相留下了联系方式。她看了我的个人简介后,邀请我明天来她的工作室,我随即应下。

"你好,杨老师。"我如约来到了她的办公室。

"你好,阿兴老师,请坐。"她拿起茶壶给我倒了一杯。

"好的。"

"阿兴老师,你是哪里人?"

"我是甘肃红河人。"

"哦,以前是做什么的,怎么来西安发展了?"

"我本在国企的机关工作,虽然是'铁饭碗',却一眼望到头,来西安是因为会有更多的选择。"

"嗯，你有没有自己的咨询室？"

"我只咨询过两回，一回在我的家乡红河区，另一回在西安的古城区。现在没有了。"

"好的，你对以后有什么打算？"

"说实话，我本打算以后自己干的，可我发现周围无人可用，无论是心理学院的学员还是上课的老师，甚至是外面请来的所谓教授，有些人自己的童年创伤都没有治疗好。然而，心理咨询是一项严谨的工作，我带着这样的队伍，不仅没有回头客，还有可能误导他人。所以，最后决定还是只做一名心理咨询师，把自己热爱的职业做好就可以了。"

"我这边还有一个工作室，已经搁置很久了。如果你愿意的话，我让你来负责。"

"可是，我一个人也不行啊。"

"你们心理学院的学员可以到这儿来练习，我们提供场地和资源，他们进行免费咨询。等他们水平上来了，再考虑收费。由你负责对他们的培训和指导，当然我还会找一些成熟的老师过来授课。我们可以把这儿作为一个培养新手咨询师的摇篮。要是做好了，你回甘肃也可以复制模式跟着做起来。"

"好主意，相当于一个实战培训基地。很多新手咨询师就缺少这样的锻炼机会，学院培训出来之后，大多数人要么是跟家里人练习，要么是同学之间相互练习，这和实战比起来还是有很大的区别。"

"是的，现在的局面就是这样。成熟的咨询师忙得顾不上，而新手咨询师能上手的又不多。"

"嗯，而且我们大西北的培训资源相比于超一线城市还是很匮乏的，要想成为一个合格的咨询师，不仅仅要在本地学习，肯定还是要走出去的。我所在的心理学院的老师，讲基础理论知识没有问题，优秀的老师也有，可外面请来的给我们讲实操技术类的老师，有几位讲得不咋的！干货太少，把简单的东西复杂化，好像很深奥、很厉害的样子，一节课就能讲完的却可以编排好几节课，有时还讲一些不相关的内容，或者只是抛问题，而这些问题的答案他自己都不知道，一个个都以自我为中心，控制欲强得很，明显自己就有心理问题，以及其所受到的原生家庭的影响，就已经暴露出自我来了！甚至个别的老师还给自己行为来一个合理化，认为有突出能力的人才可以变成这样的全能型自恋，起码不会自卑，还说'有的人想达到这样的水平还达不到呢，这不是人人都可以达到的'，边说边摆出一副沾沾自喜的样子。我当时心想，他这辈子都别想好了，我掏的培训费就当是打了水漂。

唉，不好意思，杨老师，我发了些牢骚，说多了。"

"没事的，我知道．外面请来的某些老师就想'割韭菜'，割完就拍拍屁股走了．"

"嗯，我们只能走出去，到外面学习先进的知识和技术，然后用在自己的城市，树立起一个标杆，再推广出去。"我挥手说道。

"说得太好了，阿兴老师，你有什么要求吗？"

"我想要的，你已经给了我。"

"好，工作室的租金你可以先不用给我，等你有了收益再给我。咱们这会儿就过去看看吧？"

"好的。"

就这样，我跟着杨老师来到她的另一个工作室，在一座高层家属楼上，其环境和规模要比我之前的工作室好很多。她刚打开门，就有一股尘土气扑面而来，看得出已经很久没人来过了。

"你看，一楼一般是做活动和授课用的，二楼是咨询室。"

"嗯，挺好的。"

杨老师打开窗户，领着我到处参观。一楼有几个沙发、一个支架式移动黑板．还有一个沙盘，墙面贴着他们搞活动的照片，窗台上有几盆蔫了吧唧的绿萝。

当我们来到二楼时，她指着窗外对我说："对面有一所大学，我知道阿兴老师很喜欢大学的环境，我可以想办法给你在校园安排住宿，这样你工作起来也很便利。我相信你对这个地方会满意的，这可比你以前所在的工作室强多了。"

"谢谢，是挺不错的。"我回应了之后，心想：她知道我喜欢大学环境，看来已经对我有所了解了，怪不得会直接让我负责这块呢。

"阿兴老师，你看，这就是咨询室，旁边还有一个房间，收拾一下还可以作为一个咨询室。"

我环顾了下房间，说："这个房间的空间有些大，会让有的人没有安全感，最好在中间放个屏风隔开。"

"好的，没问题。一切由你安排。那么咱们这几天就启动吧！"

"不行，我高铁票已经买了，过几天就要回家乡了。"

"那太可惜了，如果你能留下来就好了，我保证让你这个冬天就可以获得收益。"

"没事的，我过完年就回来。"

"要不这样吧，我们先把人召集起来，大家碰个头，把这件事定下来，到时候你可以在家遥控指挥，让他们慢慢展开工作，这样也不浪费时间，你觉得怎么样？"

"那好吧。"

"太好了，我性子比较急，碰头就安排在明天可以吗？地点还是在我前面那个办公室里。"

"行!"

杨老师接着又跟我介绍了他们的组织"照亮心灵"。聊到最后，我感觉自己快支掌不下去了，身体冷得有些哆嗦，就告诉她自己身体不适，要不今天就先聊到这儿了。她了解到我的身体状况后，称有认识的中医可以给我看看，我因手头的钱不足而婉言谢绝。

"不要钱，都是朋友。"

"那我也不看。"

"好吧。跟我们这群志同道合的人在一起做事儿，也会温暖你的心身，帮助你恢复得更快。"

"嗯，希望如此。杨老师，走之前，咱们给那几盆绿萝浇些水吧。"

"好的。"

我俩浇完绿萝后，就出了门。这一次出门，包括下电梯时，杨老师和我礼让了起来，我们并列走了出来。之前的几次，都是她先出门，我跟在她的后面，然后并列而行。

记得，从昨晚的沙龙活动开始，这位杨老师就一直戴着口罩，我讲到关键点或者有趣的地方时，所有人——包括和我对着干的主办方——都在注视着我，唯独她别过头。就连分享感受的时候，她也只是说"拍拍乐"好玩，手拍得很疼。加上出门这个细节变化，说明她对我起初只是有所耳闻，是不认可我的，接触了之后才给了我一时的平等与尊重，并说出了曾经好几个人对我的一致看法："难怪你和同龄人不太一样，他们不理解你。"我告诉她："主要是因为自己经历得多，提前经历了这个年龄段本不应该承受的苦难。在我快把《成长》写完时，我就感觉到自己已经超负荷了，快坚持不下去了。而第二本书更是差点儿要了我的命，我如今就像一条腿在阳间，另一条腿在阴间一般，依然在悬崖边艰难地前行……"

我们分开后，沙龙活动群里的一位同学给我发来了微信消息。

"阿兴，这是西安的一个演讲俱乐部，我知道你喜欢演讲。这是他们俱乐部负责人的微信，你加她，我已经说好了。"

接着，她还连续发了几条俱乐部的介绍。我看她这么热情，道谢后便加了那人的微信号。

没过一会儿，俱乐部负责人通过了我添加好友的请求。我们相互打了招呼，她问我要进中文版的还是英文版的，我毫不犹豫地回复："中文版的。"她随即发来了群邀请。

我加入后，发现群里的人都用英文聊天，不由心想：他们是不是在玩我呢？好在微信群里有翻译功能。随后，所谓中文版的群主添加了我的微信，并邀请我参加后天的即兴演讲，主题为"潜意识"。我爽快地答应了。

第二天早上，我起床拉开窗帘，看着窗外灰蒙蒙的天，发现路边的高杆灯照射出来的光线，竟显得格外明亮和突出。于是，我灵机一动，用手机拍下了这幅充满光明和希望的画面，并配图发了一条朋友圈动态："'照亮心灵'公益组织，现招募爱心志愿者、心理学爱好者、心理咨询师（新手）、心理学讲师以及中医、法律法规等传播正能量的有志人士。有兴趣的朋友可联系我，报名时间截止到今天中午 12 点。甘肃的朋友，我们迟早也会做起来，我们共同努力建设美好大西北！"

发完朋友圈动态后，我又与符合招募条件的人挨个联系，包括跟我对着干的沙龙活动主办方等人，以及在心理学院和团体戍长小组的群里均发起了"微信接龙"活动。

一直到中午，我招募了十几个人，并建了一个群将他们拉了进来，其中有些人今天来不了，但下回可以来。我将下午碰头的时间和地点发到群里后，就准备出发了。

到了杨老师办公室后，发现一共来了 6 个人，有我叫来的人，但相互间都没那么熟悉，还有杨老师请来的一位年龄稍大的长者。我看了下时间，还差几分钟，我们便随意聊了一会儿。

杨老师给大家分发了几把瓜子，放在每个人的桌上。我起身准备倒茶水，她告诉我茶壶里没水了，那边正在烧水。我转身看去，烧水壶旁还有一个电热器，因为房间空调坏了，我过去把电热器的插头插到插座上，并打开了开关。

"阿兴老师，那个电热器和烧水壶放在一起容易跳闸。"

"哦，好的。"我拿着烧水壶往门口的方向走去。

"水太满了。"

我身后马上传来了另一个女人的声音，然后我不由得看了一下烧水壶，装的水是挺多的，但没那么满，而且又不是我装的，看来这些人是有备而来的，一定看过了我的处女作或者听别人讲过了，因为我的第一个咨询师曾经就对我说过"水太满了"这种类似的话。

"还好吧，我想把烧水壶的插头放到门口那边的插座上试试，这样就不会跳闸了。"我解释道。

"哦。"

当我坐下后，杨老师看了一下手表，说："阿兴老师，时间差不多到了，你叫了几个人，后面还有人吗？"

"要不咱们就开始吧，一切随缘。"因为有的人不确定，所以我也说不准，便这样回复。

"哈哈，好的，随缘。"

"那我们就每人自我介绍一下，先相互认识认识。"

……

会议从两点半开始，一直到六点四十几分，差不多用了4小时。其实，今天的话题内容，最多花两小时就能结束，却拖了这么长时间。我感觉大多数时间用在扯闲话以及相互观察上了。到了最后一个小时，我快被冻得坚持不住了，那个电热器根本不管用，我效仿其他人，坐上一阵子就站起来一会儿。

临走时，杨老师让我新建一个群，把参加此次会议的人先拉进去。我因为没有那位长者的微信号，便叫了一声"蔡老师"。

我还没来得及说完，杨老师就赶忙说："没事，阿兴老师。你们先走。蔡老师留下来收拾，她就喜欢干这些服务。"

"我意思是要一下蔡老师的微信号，您不是说让我建群拉人吗？"我解释道。

"我事情处理完了就将她的微信号推送给你。"杨老师回复。

"蔡老师在咱们那个群呢!"之前说水壶装得太满的那位女士说道。

"在吗?我怎么不知道?"我不由心想:群里每个人我都是知道的,她不可能在群里。

接着,另一个女士也跟着附和:"对!在群里呢。"

我见状只好作罢,相互告别后,我找了家饭馆去吃晚饭。

吃饭本是一件令人愉悦的事情,可我却有一种莫名的失落感,这是为什么呢?我想了一下,想明白了:我带病上阵,怀着真诚的心和满腔热血,准备和他们一起轰轰烈烈干一场,可他们并不信任我,也没有平等对待我。本来昨天我与杨老师单独见面时聊到了公众号等媒体宣传工作,我说自己曾在大学的学院记者团负责过公众号,她让我来负责,我当时并没有独揽,而是选择和她的学生一起负责。可今天的会议里关于工作的分配,媒体宣传变成了另一个人担任,她没有提到我,也没有跟我说点什么。加上她带来的蔡老师,以及其他人自始至终的言行举止,使我已经明白了,他们虽然比之前的咨询室里的年轻人水平要高些,但本质上还是没什么区别。

我吃完饭后,有些失落地往地铁口走去,本来心里燃烧的那团火瞬间凉了。当我来到过安检的地方，以往工作人员要么用检测棒扫一下要么直接放行了，可这一次却被人拦住了，她要求我掏出裤子口袋里的东西看一看，我无奈地拿出手机让她看，这才容许通行了。

过安检这件小事像导火线一样触碰了我，我的情绪从失望变成了生气。于是，我给杨老师发了一条消息："今日切磋，犹如曹仁模仿曹操的八门金锁阵，只习得表象，却没有抓住精髓。"她很快回复了消息："阿兴老师，有做得不好的地方，你说出来，我们改正，以后还是由你们年轻人来引领。"

我看后，不再多言。挤进地铁，看着一闪一闪的站名指示灯。下站之后，杨老师见我没有回消息，便打来电话。我拿出手机，看着来电名字和百分之二的电量，迟疑了一下，就接通了电话。

"阿兴老师，你有什么要求就说出来……"

我赶忙打断她的话，说："杨老师，杨老师！我的手机快没电了，回去再说吧，要不一会儿就出不了地铁站了！"

"好的，我知道，没事，没事。"杨老师说话的语气显得有些激动。

我挂断电话，快步往出站口走，迎面走来一个中年女人，就在我们擦肩而过之际，她用一种很理智的眼神看了下我，然后我们就往各自的方向继续前行。我边走边心想：这眼神也太理智了吧，有一种紧紧盯着目标看的感觉，就像我刚才理智地挂断电话一样。怎么这么凑巧？她演得太真了，就像个演员一样。算了！可不敢再怎么想了，我不能再进入幻境了，进入一次幻境就已经把我折腾够了。我微微甩了下脑袋，来到出站口，抓紧掏出手机扫码，就在我通过后的下一秒钟，手机因电量耗尽而自动关机。我不由长舒一口气："好险！好险啊！差一点就出不来了。"

　　我回到房间，将手机充电，过了一会儿，它就自动开机了。我坐在沙发上，想起当时她口口声声说的，我和她们在一起，会温暖我的身心。我看未必，倒感觉我像工作室里那几盆蔫了吧唧的绿萝一样，会越来越没有生机。她连自己养的带有生命的绿植都没当回事，又怎么可能把我当回事呢？我连着两次在她那儿冻坏了身体，心也跟着凉了，感觉自己跟他们再同行下去，精气神会被消耗殆尽。

　　于是，我打算退出，就给她发了条消息："杨老师，算了吧！还'照亮心灵'呢，我还没被照亮，就先熄灭了！"

　　"阿兴老师，您涵养高，一直在包容我们，确实是我们考虑不周。"杨老师赶忙回复。

紧接着，她建了一个群将我拉了进来，并在群里面吆喝："还有哪位老师没有进群？麻烦大家相互拉一下。"

她这一举动，瞬间惹怒了我。

"杨老师，你怎么能这样？没经过我的容许，就将我强行拉进了群里！"

"阿兴老师，咱们下午不是说好了吗？建一个群，先把大家都拉进来，你是同意的。"

我不由得轻笑一声，心想：这是要跟我耍无赖了？当时，可是她让我来建群的，现在我要退出了，她着急建群想把我留下，而且群里还出现了一个我没见过的微信号，想必应该是那位蔡老师，或者是蔡老师的另一个号。这会儿知道进来了？早干吗了？

我越想越生气，你要无赖，那我也要无赖！

"杨老师，我没本事，你另找他人吧！"说罢，我毫不犹疑地退出了微信群。

我感觉自己心中怒火要爆发了。我随即又删除了杨老师推送的微信好友，可仅仅删除了一个人，我依然不解恨。曾经那些不平等对待我、不尊重我的人，以碎片式的记忆一股脑儿涌现出来，失去理智的我犹如在战场上杀红了眼的人一样发了疯地挨个儿点删除，哪怕只有一点点冒犯我，也难逃我的删除，甚至还误删了好几个。原本有点格局的我，此时却变成了非黑即白，这般容不下他人，以这样一种极端的方式来宣泄自己的不满。

接着，我将车票改签，最后一节课也不去上了，提前了回去的日程。因为我认为白老师和他们是一类人，所以不想在这里待下去了，反正最重要的知识已经掌握，其他内容对我来说比较简单。

后来，直到我冷静下来，才发现自己的童年创伤并没有治愈，或者是再次复发，我又被感染了。这位杨老师很像我妈，她们都是急性子，也都以自我为中心，很少真正地去考虑别人。一个巴掌拍不响，说明杨老师对待她的孩子，以及和其他人的相处模式也存在着一定的问题，她自身被原生家庭影响到现在还没有康复，就像学院的其他人一样。我应该是被他们同时叠加影响了，这些原本我期待的美好，志同道合的圈子，让我感觉到不安全，甚至是抗拒，我选择了回避这种保护自己的方式。

圆 梦

　　我准备好回去，行李收拾到一半的时候，我猛然发现行李箱里只装了书，而且数量还不少，这和以往的我大不相同啊，看到这些，我对自己感到了欣慰，不由得说道："进步了，进步了！"然后，我继续收拾，还把去学习儿童性教育时培训老师给我的总共两个U盘都装上了，希望回到家乡后，能遇到有缘人，将其中一个U盘送给他，以帮助更多的人。

　　这一年的寒冬，我像打了好几场硬仗一样，终于扛过来了。不知道回去之后又有什么会等着我呢。我苦笑一番，拎着行李箱去往回家乡的高铁站。

　　自从家乡通了高铁，出行方便了很多。我到达中转站后，刚下列车就看到一位女士提着行李箱一步一个台阶地往楼上爬去。我问了一下列车员中转站怎么走，她告诉我要么爬楼要么坐电梯直达，电梯在前面不远处。我走过去，只见一群人都在排队，心想：这一趟肯定轮不上我了，我得找另一条路。然后，我发现电梯旁边有一个往下走的通道，便上前连问几个行人，他们都是光摇头不说话，我不知道他们是不想说还是告诉我不是这儿。时间紧迫，我想中转站肯定是在楼上，而往下走的通道很有可能是通往别的方向的。于是，我果断地往回走，像之前那位女士一样爬楼，虽然辛苦了点，但这是最保险的一条路。

我上去后，找到了车票上站台，把行李箱放到正在排队的两个人后面，接着在附近找了个空座椅，边休息边远程监控自己的行李箱。连换三条路的这件小事儿，让我想起了一句话："把弯路走直的人是聪明的，因为找到了捷径；把直路走弯的人是豁达的，因为可以多看几道风景。"

可不就是这样嘛！虽然终点是一样的，但把直路走弯的确多看了几道风景，人生亦是如此啊！有趣儿，有趣儿！

经过一路的曲折，我终于又回来了。这一次，我和妈妈没有像以往一样很快就起冲突，我们能正常地随便聊聊天儿，和平相处了好几天。

"阿兴，这鸡做得怎么样？香吗？"

"挺好吃的，妈。"

"你觉得它是公的还是母的？"

我看了下它的眼睛，说："是母的。"

"你怎么知道的？"

"是它的眼睛告诉我的，它的眼睛里充满着母性的本色，我之前养的小兔子也是通过看眼睛分辨出来公母的。"

"哦，是这样。"

"嗯。"

吃着吃着，我突然想到了什么：本色？我昨天在楼下理发店理发的时候，跟老板娘聊了一会儿，想知道她对儿童性教育的看法——如果我在家乡做这样的活动，她会不会参加。当时，她表示很愿意参加，还说了关于性别刻板印象的事儿，即孩子父亲教育孩子，男孩子就应该做男孩子该做的事情，玩男孩子该玩的游戏。毫无疑问，孩子的父亲用了传统的教育方式，看起来没问题，却阻碍了孩子更好地成长，以及可能存在一些对性别的偏见和歧视。而性教育的核心思想是，除了生理特征外，其他所有方面，每个人都是一样的，甚至在穿着方面，男人女性化、女人男性化的打扮也是没问题的。我感觉这是从一个极端走向了另一个极端，太开放了，似乎照搬了西方的思想体系。我个人认为，多元不应该被歧视，但也不能提倡，应该在保留本色的基础上丰富自己、提升自己。

本来我在自己设计的课堂里没有"性别刻板印象"这一堂课，这是因为我有疑虑，还没有想好，没想到通过我与理发店老板娘和妈妈的对话，我反而有了领悟，于是我放下了心中的一块石头。

这个问题解决了，可另一个难题又来了。我和妈妈的关系虽然缓和了很多，但几天下来，我依然感受不到家的温暖，也完全体验不到松弛感，因为这里有着各种条条框框和无边界的控制，而我能做的只有接纳，这会让我好受点，还能避免矛盾。

我就像一个守门员一样，时刻准备着接招，但随着时间的推移，我终究会有失手的时候。有一次，我在卫生间里拿抹布擦弄湿了的墙面。她看到后说："别用这条绿抹布，用那条红色的抹布来擦墙。"

"这两条抹布明明是一样的，只是颜色不一样，都是抹布怎么就不能用了？你告诉我怎么就不能用了！它不是用来打扫卫生的，那它是干吗用的！你哪来的那么多规矩啊！"我瞬间就发火了，她终于把我弄破防了。

"没事，你用哪条抹布都行。"

"我都快无语了，好不了几天，非逼着我跟你吵一架，你才舒服吗?!"

妈妈不再作声，忙别的事去了。

到了晚上，我想了想，要跟她沟通一下，即便我知道肯定没用，但感觉还是得说，就当让我死心，说最后一次吧!

"妈，你过来，坐沙发上，咱俩谈谈心好吗?"

"好的，儿子，你有什么想说的就说吧。"

"妈，你知道吗? 每天早上，有时候你先出去跑步，我后起来收拾，要等你走了，我才会把手机音乐打开，边洗漱边听歌，或是一听到你开门的声音，我就会立刻把音乐的音量调到最低。"

"为什么呀? 你想听就听嘛，这里是家啊，你放出音乐，你妈我也喜欢听啊。"

"你终于意识到这里是家啊! 你对我的不容许太多了，规矩太多了，而且尽是一些没有必要的规矩。还有，我的房间你想进就进，我连自己的空间都没有，说了不让你进我房间，可我不在的时候，你还是会偷偷进来打扫卫生或者对我壁橱里摆放的东西摆摆弄弄，这房间不管干净不干净、整齐不整齐，那都是我的啊! 我就只有这么一个独立的空间了。我感觉这里似乎没有属于自己的了，觉得自己就像串门的亲戚或一个旁观的外人，根本感受不到这是家。这是我的家吗？这个家只是你一个人的家呀！你没有一点边界感，你控制不住自己就来控制我。除了以自我为中心，其中一个原因是你在原生家庭里缺爱。"

"你说得对，我是缺爱。那时候家里姐妹多，你姥姥和姥爷也顾不上我。"

"你因为缺爱，所以没有边界感。可满足了你，我就没有自己了，我的需求呢？本身你自己就没有自己，还让我也没有自己，什么都要按照你的意思来，我走到今天遇到了这么多磨难，33 岁了还是光棍一个，现在又辞职到西安重新开始，这是为什么？你若不干预，我早就稳定下来了。这样的结果，是你一个当母亲的愿意看到的吗？"

"我也不想啊，那你说怎么办？你是心理咨询师啊。"

"心理咨询的设置是有求才有帮，首先要自己有意愿改变才可以，可你是那种不愿意改变，却想让我改变，改变成你期待的样子。最关键的还是，我们两个人的关系是不平等的，你始终认为孩子就是孩子，无论长多大，变得多优秀，在你面前我还是一个孩子，你永远是高高在上的，我说的话没有一点用。比如，就连让你吃肉、喝牛奶补充营养这些话，我说了也没有用，而别人给你说了同样的话，你却照做了。

"人与人之间出现矛盾是很正常的，只要有良好的沟通就可以解决问题，可良好沟通的前提是双方平等、尊重。你没有把我当一回事，那怎么沟通解决呢？这么多年了，我方法用尽，无论是跟你好好说，还是跟你吵架，你还是老样子。"

"你妈现在年龄大了，记忆不太好，老是记不住。"

"不要再找借口了。那你年轻的时候呢？你对我采取的是打压式的教育，从小到大都是这样的。心理学有一个术语叫'合理化'，就是总能找出理由让自己舒服，可是否总结经验教训则是自己的事了。你经常用'合理化'来抹去自己的过失，然后找我的问题，就算一件积极的事儿肯定也能找出负面来，这样你会更舒服，被埋怨的是我，做错事的是我，委屈的是你，包容我的也是你，你从施暴者变成了受害者，又变成了一个伟大的人。我的天啊！再加上不平等的关系，就更糟糕了。"

她不再为自己辩解。

我叹了口气，继续说："妈，你知道咱俩关系最好的时候是哪会儿吗？"

"是哪会儿？"

"是我在西安上大学的时候，你管不了我，也没有去管我，反而支持我学习怎么做一名健身教练，虽然我毕业后选择工作的时候你还是干预了，但是大学四年是我长这么大以来和你关系最融洽的时光啊！"

"那时候真不应该让你去上大学。"

"什么？你怎么能说出这样的话！算了，不说了。"

"我说错了，你接着说吧。"

"不说了，没必要了！我累了，睡觉了。"

"好吧。"

我知道她说出的这句话背后的含义。我是因为上了大学，才知道了外面的世界，知道了人生是可以有很多条路，知道了自己要走哪条路，知道了自己要的是什么。而我如果没有去上这个大学，就没有向往和追求的美好人生、理想信念，也没有为自己争取和不断前行的动力了，她就很有可能像如来佛祖将孙悟空压在五行山下一样将我永远压住了。同时，也正因为她这句话，我彻底对她没有了期待。除了失望外，我对她的接纳程度也提升了一些。

因为没有了期待，与对方的抗拒少了，所以真正地接纳了她就是这样一个人的事实。之前，我们互相企图改变对方，都以失败而告终。从我自身的角度来看，无论小事还是大事，我常常会被她激怒，像气球一样很快被气体装满直至爆炸。这样持续性的相处模式，使我很容易非黑即白地全盘否定她。然而，当我真正接纳她后，她身上的优点我又能看到了，包括她的一些观点，我也可以接受。毕竟，不管是谁，肯定都有优点和不足，只不过有的人不愿学习和改正罢了。

当我可以看到她优点和不足，就做到了真正地接纳她，接纳她的全部，好比有了白天就有黑夜一样，黑与白是一个完整的整体。我也因此治愈了自己，又或者说，对于她，对于原生家庭的影响，有了免疫功能。同时，我还要不断地自我觉察，防止自己像她一样被原生家庭里不好的因素感染，习惯性地用批评、控制等方式对待其他人。

此时的我仿佛涅槃重生一般有了新的突破，这个家对我的束缚渐渐消失。晚上的时候，妈妈看着手机里的视频直播跟着跳操，我则从外面溜达回来后看起了电视，我们又能正常地随便聊聊，家似乎变得像个家的样子。

一直睡眠不好的我竟然可以入睡且半夜再没醒来过，我为此感到欣慰，在附近找了一位中医，继续吃中药调理。看来心结打开了，睡眠就好了，只要睡眠好，再对症下药，相信自己的身体一定会康复的。

我想，既然我的心病好了，最折磨我的妈妈都无法影响我了，那我以后再遇到和她类似的人也不会轻易受到影响了。于是，我打开微信，选择性地添加了被我删除的一些人，并向他们解释和道歉。在添加的过程中，我发现了小贝的微信号。小贝是我在家乡为数不多的关系要好的女性朋友。

我们是在错误的时间、对的地点遇到了彼此。那时候，单身的我在健身房锻炼，小贝穿着白色的运动服朝我走来，想让我教教她怎么用这些器械。我们就这样一来二去地熟悉了起来，我隔上一段时间就会约她出来玩。因为她有喜欢的人，所以我对她一直保持着一定的距离。但随着我们接触的次数增多，我和她相处得越来越舒服，内心对她的喜欢也慢慢变得更多。

有一次，在平安夜，我约她出来吃饭，还告诉她等下有两份礼物要送给她。

"是什么礼物啊！"

"像花一样好看，但只能晚上看。"

"是烟花吗？"

"不是！"我当即否定，心里却不由得一惊，这丫头咋一下就猜到啦？

"那是什么？"

"你猜嘛，说出来多没意思。"

"那我再想想。"

"嗯嗯。"

"还是想不到，还有一个礼物呢？提示一下。"

"同样跟花一样好看，但最好是在白天看。"

"啊！好难猜啊！"

"哈哈……"

饭后，我带她来到了放礼物的地方。在一条土路的下坡处，我一边打开手机背面的灯来看路，一边伸出另一只手来牵着她的手慢慢地走了下来。

下坡后，我没有松开手的意思，小贝见状从我的手里将自己的手抽了出来。我没有做任何回应，像没事人一样继续带着她向前走，一直走到一个用草丛做掩盖的纸箱旁才停了下来，并把纸箱取了出来，蹲下身子打开它。

当露出带有烟花的包装盒时，小贝高兴地拍手说道："哈哈，你看，我就说是烟花吧！"

我微微一笑。接着，我掏出打火机，准备点引火线，小贝从兴奋的状态又变成了一脸吃惊，嘴不停地说："这是烟花吗？这真的是烟花吗？"

我点燃之后，转过身对她说："小贝，快跑！"

"啊？哦！"

小贝这才反应了过来，赶忙跟着我往回跑，跑了小一截路后，我停了下来，瞪大眼睛看着还在跑的小贝，冲着她喊道："别跑啦，快过来，再跑就没得看了！"

"哦！"可爱的小贝应了一声，又屁颠屁颠地跑过来了。

她这一举动，可把我笑坏了。然后，我们站在一起，仰望天空，看着那形态各异、色彩缤纷的烟花，我的内心顿时感到无比的快乐和满足。她告诉我，我是第二个给她放烟花的男人，第一个是她的爸爸，她好久没看到烟花了，心里特别高兴。

我们在回去的时候，再次遇到那个斜坡。这一次，我没有主动牵她，而是稍微停顿了一下，就在停顿的时候，她看我没反应，就主动把手伸出来让我牵她上去。上去之后，我依旧没有松开的意思，她还是把手抽了出来，我既有些舍不得，又觉得挺有趣儿。分别的时候，我把另一个礼物——一本我很喜欢的书送给了她，她说已经好久没有收到礼物了，回去一定好好看。

后来，她订了婚，我们就几乎没有联系了。关于删除她的微信，不是这次删除的，而是前女友晓珊翻手机的时候，从我的手机备忘录里得知了我俩之间的故事，知道了我心里有这么一个人，并以我在找对象的过程中所接触的其他女性为由跟我闹别扭，也就是要我房子的那个阶段的事情。最后，我不得已删除了小贝的联系方式。

如今，我回想起来，跟小贝在一起玩的时候，是我成长路上为数不多的快乐时光。我添加了她为微信好友后，简单地做了解释，然后随意聊了几句，顺便把刚出版的《成长》给她寄了一本。作为朋友的我，能做的也只有祝福了。

时间不知不觉来到了三月。春回大地，天气变暖了，各种小动物都苏醒了过来，到处生机勃勃，呈现出一派欣欣向荣的景象。我的精神状态渐渐好了许多，脸颊和身体比刚回来时多长了些肉，我也是时候该出来做点事了，等我把儿童性教育活动在家乡开展完就该走了。

这天，同一个单元楼的老哥找我借健身器材，说是孩子马上要中考了，要提前做下准备。我突然想到高考也快到了，可以做一场关于考前解压的讲座。于是，我骑着自行车去联系当地的初中和高中学校，可连着找了三所学校，都表示不需要，当得知我是给家长讲的，更是觉得诧异。我简短地将核心内容给学校办公室主任讲解了一番，他明白后答应向校长汇报。

以防万一，我打算去找教育局的，后来想了想，因为授课对象主要是家长，所以还是决定在社区做。又过了两天，那几所学校的负责人都没有联系我，好在社区工作人员爽快地同意了，还提供了宽敞的会议室，以及可以一对一进行心理咨询的办公室。我给相关公众号投稿，进行宣传后就准备开始。

活动当天，我先向大家做了简短的自我介绍，然后让在场的每一个人随意抽取一张"OH 卡"，并告知这张卡代表你现在的状态，等所有人都拿了卡后，可以跟大家分享一下，当然也可以选择不说。

台下瞬间热闹起来，一个个相互看来看去的。

等众人分享完后，我接着说："刚才分享的时候，有的人状态挺好，有的人状态则一般或不太好，那么在亲子关系中，我们的状态会不会影响到孩子呢？对于临近的考试，也是一样的。"

大家点点头。

"学生平时掌握的知识水平是硬件基础，心态调节状态则是软件基础，两者缺一不可。越是临近考试，心态调整越重要、越关键。"

"那么，什么对考试状态的影响最大呢？大家看看 PPT 上这张图：自身影响占 10%，其他影响占 10%，学校影响占 20%，家庭影响占 60%，由此可见家长对孩子的考试状态影响最大。

我举一个很常见的例子：每逢中、高考前期，总有家长带着孩子一起去庙里求神拜佛，有的家长的焦虑水平不仅大于孩子，还会影响到孩子。"

听到这里，很多人有了共鸣，表示认同。

"我们来看看这个案例：考试后，父母只会问我考得好不好，要是考得不好，父母又会问：'上不了 500 分？那你咋办呢？'我想说：'其实没有唠叨的声音，我更能感受到你们的关爱，不要用以前的眼光看我，要看见我的改变，给我一点鼓励好吗？这样我才会更有动力。现在的我没有娱乐、没有朋友，只有写不完的试卷和作业，这使得我憎恨学校，厌恶学习。但是，看到父母的眼光和他们的期待，我只好拼命压抑自己的情绪，硬逼自己死读书。这种状况下，我的成绩不断下滑。渐渐地，行为上也出现了异常举动，那就是不允许任何人碰我的头，因为别人只要碰到了我的头，就会损坏我的脑细胞，影响我的智力。慢慢地，我变得不愿去学校了。'

"这是一个很典型的案例，也是一个学生的内心独白，他渴望得到父母的理解和鼓励，而家长没有看到孩子的需求及心理健康状态，只看考试的结果。无形中的影响，致使孩子有了厌学的心态，甚至行为上出现异常举动。"

"我突然想起来，我一个亲戚的儿子，他们班上有两个孩子都害怕高考，一到高考就不去参加考试，然后就不停地复读，现在他儿子都已经大三了，那两个小孩儿听说还在复读，他们的家长还都是学校的老师。我就心想，他们家长咋没那个意识，没觉得孩子心理上已经出问题了，也不知道去做一下心理治疗？"坐在前排的一位女士举手说道。

"嗯嗯，谢谢您的分享。那两个孩子很可能遇到了高期待、喜欢控制、以自我为中心的家长。教育孩子不仅仅是为了追求好的分数，即便是老师也需要学习怎么做好父母。"

"我们接下来做一个角色扮演的互动游戏，让大家有更好的体验和感悟，我需要三个人，分别扮演父母和孩子，谁愿意上来？"

刚才举手的女士和中间坐着的两位互相拉扯的大姐一起走了上来。

"好的，扮演孩子的站在最前面，扮演父母的站在孩子身后。"

三人各自站好位置。

"父母各伸出一只手拽住孩子背后的衣服。"

"哎呀！我感觉我妈在后面抓着我！"扮演孩子的女士本能

地做出反应。

"感受太强烈了!"台下的人笑道。

"嗯,现在父母不要拽了,展开手掌轻轻地推着前方的孩子就好。"

她们照做后,我看着扮演孩子的女士,问道:"这会儿,你感觉怎么样?"

"感觉安全多了。"

"好的,你们可以回座位了。感谢这三位女士上台为我们展现了这两种亲子相处模式,角色扮演就先到这儿了。"我带头鼓掌,大家也跟着将掌声送给她们。

"刚才的角色扮演,其实就是一般家庭的写照。人都是有感受的,孩子也是一样,你抓着他不放和推着支持他,带来的是截然不同的感受。我们很多人犯的错误是在孩子该管的时候没好好管,不该管的时候却可劲儿管!那么,什么时候该管,什么时候该放手呢?孩子在0—3岁时,需要父母无条件的陪伴,也就是父母的控制。当孩子到小学阶段,有了自主意识,渴望自己做主时,父母应该给孩子一个安全的区域让他自己行动、选择,这是父母和孩子共同控制。等孩子到了高中阶段,已经有了一个健全的人格时,父母就要放手了,就像教他骑自行车一样,扶着扶着就要放开手了，把人生的选择权交给孩子，他要有他自己的人生，我们也要有我们自己的人生，我们在他需要的时候推一把就可以了。

"那么，如何帮助孩子超常发挥呢？我们做家长需要改变的就是：第一，减少压力源（父母）的干扰，调整好自己的情绪状态，使自己静下来。第二，把注意力转移到关注孩子的情绪变化。第三，不要盲目补课和攀比，给孩子更多的时间和空间。第四，每个孩子都需要做减压的调整，有躯体症状的更需要做减压调整，越临近考试，越要适当减少学习量，给孩子放松的时间。第五，多鼓励孩子，容许他出错，只要认真准备就好了。虽然高考对我们普通人来说的确是改变命运的重要一步，但不等于是人生的全部，人生是一场马拉松，高考只是人生的一次体验。往往越看重越容易产生紧张情绪，出错的概率就会增大。只有先容许自己出错，内心才会变得更加平静。

"最后，向各位家长推荐两本书：一本是'读好儿童'这本书，另一本是'写好自己'这本书，即家长用自身的言行为孩子做出模范。谢谢大家，今天的讲座就结束了，需要个人心理咨询的可以联系我或者社区工作人员，咨询是免费的。"说罢，我向台下鞠躬。

大家鼓掌后，立刻有人问我要了联系方式，还有一个人当场结束就跟着我上了心理咨询室。于是，我开始了在家乡的第一次心理咨询。

一整天忙完，我没有觉得疲惫，反而干劲十足，还把自己的沙画架改装成沙盘架，又从网上购买了专用沙子和模型，跟社区工作人员商量好后，将沙盘放入闲置的另一个房间里。收拾一番，一间像模像样的沙盘室就诞生了，这也是红河区的第一间沙盘室。

沙盘室刚收拾好，我便接到一个求助电话，是关于孩子恐惧考试的心理问题。对方不在本地居住，住得比较远。对方向我简短地说明了情况后，我们就约到周末咨询。

向我求助的孩子叫小慧，是一名初中生，由于父母离异，跟妈妈一起生活，有过自杀行为，被医院诊断为重度焦虑抑郁，做过物理治疗，可没什么效果，情绪非常低落，对任何事情没有兴趣，还异常懒惰。尤其是在去年离开妈妈，到姥姥家和舅舅的孩子一起居住时，情况变得更加糟糕。

我帮小慧分析了她动力不足的原因，主要有两个方面：一方面是自己担责太多，什么事儿都往自己身上揽，没有及时地提出自己的需求和宣泄自己的情绪，即便有愤怒也会选择理解对方，委屈自己，把伤害的矛头全指向自己，承担得太多，当然会累了。这个行为背后的根源是她希望现在母亲新组建的家庭不要像以前一样争吵不断，这也是她恐惧考试的原因，因为她对自己有很高的要求，害怕考不好，害怕自己的失败会造成家庭的不和谐，她强迫自己在任何事情上都做到完美，就连玩手游时都是那么较真。另一方面是她妈妈的原因，没有换位思考体会孩子的感受，一直催促她，控制她，甚至还打过她。小慧以懒惰的方式来反抗妈妈，争取自主权，希望有自己的节奏。另外，母女之间长期沟通不畅也会导致小慧感觉累。

我告诉她，心理学里有一个归因理论，通俗来说，就是找问题、挑毛病，内归因是找自己的问题，外归因是找别人的问题。我指导她内、外归因并进，不要光找自己的问题，也不要找到别人的问题后又拐到自己身上，理解他人归理解，错了就是错了，一码归一码。同时，让她容许自己犯错，别那么苛求自己。出错很正常，没有人生下来就什么都会，人人都是在犯错中成长的。

接着，我看着一直拘谨的小慧，把她带来到沙盘室，让她好好宣泄一下压抑太久的情绪。她把沙子紧紧地攥在手里，一下又一下地，将自己的愤怒一点点地释放着。当她摆完沙盘后，我眼睛一亮，不由得称赞："你摆得真好看！"小慧则露出难得的笑容。我马上意识到这孩子从小到现在太缺鼓励了。我继续说：
"现在感觉怎么样？"

"放松些了。"

"好的，给你的沙盘作品起个名字吧！"

"嗯，我摆的是一个外出旅游的景象，那就叫《岁月静好》。"

"挺好的。用手机拍下你的作品吧，也算是对你第一次玩沙盘的纪念。"

"好的。"她拿出手机拍照。

"你有没有想过，以后成为什么样的人？"

"想过，我想成为心理医生，帮助像我这样的人。"

"特别好！"我对这个善良的孩子不仅有了共情，更有了欣赏。

接近咨询尾声的时候，我在想：按程序，小慧的第一次咨询就算是结束了，可是她的住址离我这里太远，来一趟不容易。于是，我便让她在房间等一会儿，我去跟她妈妈再沟通一下。

"大姐，您对孩子是不是很少鼓励？"我打完招呼后，开门见山地问道。

她想了想，有点儿不好意思地说："几乎没有鼓励过。"

我在跟她进行过深入的交流后，知道她的内在创伤，有前一段婚姻造成的，还有原生家庭带来的。而她和她女儿小慧的归因点、发泄口则完全相反，她把愤怒发泄到别人身上，包括打小慧。我努力地帮她疏导，让她认清现实、接纳现实，避免她影响到孩子，从而使孩子更快地好起来。

到了周一下午，小慧妈妈给我打来电话，急促地说："孩子又不去上学了，咋办呢?! 班主任说，再这样频繁请假就要退学了。"

"啊? 又不去上学啦? 她不是光恐惧考试吗? 你们也没给我说清楚。你别着急，你把电话给小慧，我跟她沟通。"

"好的，好的。我这会儿在外面，回去就给她。"

"嗯。"我挂断电话，也往家里赶，打算在自己的房间跟她进行线上咨询。

过了十几分钟，电话再次响起。

"喂，你好?"我拿起手机接听。

"喂。"电话传来小小的声音。

"是小慧吗?"

"嗯，是我。"

"小慧，听你妈妈说你没有去上学，你怎么啦?"

"我跟她说了明天早上去，她老是催促我、逼我，不问问我怎么了，而是说不去上学的后果多么多么严重，每次都是这样。"

"哦，我明白了。她改变不了，就不去管她了，我们改变自己好吗?"

"好。"

"上次我告诉你，要容许自己犯错，接纳自己。这次，是接纳别人。俗话说'龙生九子各不一样'，什么人都有，包括不愿意改变的人，你就是拿刀架在她脖子上也没辙。我们之所以愤怒，是因为对对方还抱有期待，期待她有所改变。我们现在要做的就是没有期待，只要没有期待，就能真正地接纳对方，她就是这样的人。以后，你和妈妈再有矛盾时，你有了心理准备，知道她就是这样的人，知道她就是不愿意改变的人，你就会舒服些。"

"嗯嗯。"

"嗯，我们现在说学校方面，老师的教学是一对多，不是一对一，所以他不会太关注你，你也不用太在意他。至于其他的学生，你就不用管了，医为你知道自己想成为什么样的人，自己的方向是什么，去忙你的就好，想跟他们聊就聊，不聊就不聊，自己选择。"

"好的。"

通过六次咨询，小慧将一成不变的黑色外套换成白色的，经常戴的黑色口罩彻底取掉了，人显得阳光了很多，学校不再是她抗拒的地方，母女关系也缓和了很多。

每次咨询完，我都会邀请她们参加我组织的儿童性教育活动。因为我的家乡是小地方，当地人的思想普遍保守，加上每一次参与活动的人员不一样，我必须把前几次的内容，尤其是不能对性、对我们出生羞于启齿，这种对于性的态度重申一遍，好让大家更好地接受后面的内容。

这一天，我讲的是最后一次儿童性教育课，内容主要是"预防性骚扰"和常见的孩子会问家长的一些例子。

我在跟大家玩了一个互动游戏后，拿着PPT翻页笔，开始了正课内容。

"我们知道隐私部位是不能随便给别人看，也不能给别人摸的，那如何区分好与坏的身体接触呢？玩游戏时，同伴之间的击掌是不是好的接触？请前排小朋友来回答。"

"是，是。"有的孩子直接从板凳上跳起来说。

"口腔医生在摸我的胸部呢？"

"不，不是。"他们摇摇小脑袋。

"嗯，非常棒！现在，我们来学习如何应对不好的身体接触。

第一步是识别，识别不好的身体接触可以通过言语警报、视觉警报还有触觉警报，即有没有让你觉得不舒服。言语警报是指有人与你谈论隐私部位，并让你觉得不舒服；视觉警报是指有人观看你的隐私部位，或者让你观看别人的隐私部位；触觉警报是指有人触碰你的隐私部位，或者让你触碰他的隐私部位。

"第二步是拒绝，因为我的身体我做主，所以勇敢地表达出来，比如：'我不喜欢你这样！''请你不要这样！'第三步是离开，生命安全是最重要的，冷静并抓住机会逃离。最后一步是告知，向家人或信任的人求助并告知事情的经过。

"这就是四步法。我们接着一起看看视频，想一想如果遇到视频中的事情该怎么办。"

我连续放了三个视频：公交车上遭到"咸猪手"，办公室里被老师勾肩搭背，偏僻小路碰到有露阴癖的人。让孩子们根据学到的四步法来应对。并对最后一个"露阴癖"重点强调了一下。

"遇到这种心理不正常的人，我们识别后直接开溜，告知信任的人就好了。同时，若孩子已经学习了性教育，如我第一节课讲的，生殖器的名称就像水果一样平常，那么受到的惊吓或伤害就会少一些。"

"还有，因为孩子毕竟年纪还小，力气没有成人大，加上周围环境的影响，假如孩子没跑掉，受到伤害了，要记住谁才是做错事的人，不要埋怨自己，受到的伤害也不是永久的，就像手被割破了，过一阵子就好了。作为家长，要给孩子温暖，而不是指责，造成二次伤害。"

大家边听边点点头。

"这些就是预防性骚扰的核心内容。最后，我再说两个常见的孩子问家长的例子。谁愿意跟我进行角色扮演？当孩子或家长都可以。"

众人你看看我、我看看你，就是没有人愿意。

"没人吗？那我就自导自演了。"

我笑了笑，接着说："如果孩子问我们无痛人流是什么，首先不要急着回答，先问问孩子是从哪儿知道的，他是怎么理解的。我们平时的亲子互动也是一样，不要先入为主，多听听孩子的心声，了解孩子的想法，培养他的独立思考能力。听完后，我们给他讲解这是什么，以及他想知道的，比如有的无痛人流是因为妈妈在孕检的时候发现小宝宝身体异常，不得不这样做；有的无痛人流则是男女双方还没做好要小宝宝的准备，遇上意外怀孕而不得不选择人流。假如，孩子接着问：'妈妈，你不是给我讲过生命教育吗？他们怎么不珍惜生命？'这个时候，家长就可以给孩子说，他们没有做好防护措施，也就是没用避孕套等，让孩子明白用避孕套这个东西，是为了对自己和他人负责。当然，对孩子进行性教育的前提还是不要羞于启齿、不要回避。即便我们身为父母有不知道的也没关系，要对孩子实话实说，跟孩子一起查找资料学习，这种态度本身就起到一种模范作用。"

台下的家长若有所思地微微点头。

"还有一个例子，小朋友们，谁知道同性恋是什么？"

"不知道。"坐在第一排的年龄较小的两个小男孩迷茫地摇摇头。

"我知道！"一个扎着辫子的小女孩儿举手回答。

我随即将麦克风递给她。

"是同样性别的人相互喜欢对方。"

"嗯，说得没错！这时候，身为家长，我们就可以给孩子进行一下性别教育、性别平等教育。告诉孩子，我们不推崇同性恋，但也不歧视他们。这是他们自己的选择，我们要尊重他们的选择。做好我们自己就行，要有我们自己的本色，起码一看就像个男人，一看就像个女人。在保留本色的基础上，不断丰富、提升自己，比如男人也能收拾屋子，女人也能当赛车手，等等。"我笑着说完，大家也露出了笑容。

"那么，今天的儿童性教育活动就结束了。谢谢各位！"我鞠躬致谢。

台下响起了掌声，有一个家长带着她的三个孩子专门过来跟我打了声招呼。

她往回走时，被我妈拦住，她们聊了一会儿，得知她是因为听说前段时间一个 12 岁的男孩儿在厂房被性侵了，这才意识到性教育的重要性，于是带自己的孩子过来一起学习。

自从我"儿童性教育"开讲后，每一场活动，我妈妈都来捧场，她从曾经最打压我的人变成了最支持我的人。我的内心也由此欣慰了许多，暖和了许多。

不知不觉间，我在家乡的公益活动接近尾声，我决定对于还需要咨询的人，我将咨询从线下转为线上，对他们一帮到底。我跟小慧的最后一次线下咨询则约到这周六，打算第二天就起程去西安。

"小慧，你来啦，这周过得怎么样？"我面带微笑地看着穿着白色外套的她。

"嗯，这周过得还不错，挺忙碌的。"她笑着回复。

看样子，还真的不错，这可是她头一回刚见面就露出笑容呀，我心想。

小慧坐下后，她紧绷着的身体终于放松了。

"是吗？那跟我分享一下吧！"

"有画画比赛，写演讲稿，放学后还和几个同学一起去看住院的老师，我们老师可坚强了……"

我高兴地看着小慧滔滔不绝地讲着，不时地问上几句，我和她的咨询也慢慢变成了聊天。这意味着她对我的信任，以及她的成长在往好的方向快速发展。

"确实挺不错的，你感觉自己有什么变化？"

"我以前会因为一点事儿，情绪就上来了，现在觉得很正常，内心平静多了。跟同学有分歧时，我不再委屈自己，敢反驳了，而且即便生气也会很快调节过来。"

"很好，这说明你没有那么敏感了，也越来越打开自己。"

"这多亏了您的指导。"

"主要是因为你悟性好。我今天再帮你推进一下，关于你和你妈妈如何更好地相处。"

"嗯嗯。"

"有时候，我们跟家人沟通，说出的话对方是能听懂的，可是听不进去，这样不但是无效沟通，还容易使自己的情绪波动变大。"

　　小慧听到这儿时，小拳头攥得紧紧的，思绪似乎也回到了她和她妈妈闹矛盾的场景。

　　"面对始终不愿意改变的人，我们只能应付了。当你发现她听不进去时，自己就不要跟着在这个问题上较真，或者你顺着她的思路进行沟通，如果沟通有效就继续说，如果又卡住，就算了。除了应付，还有宽恕、尊重、鼓励这三个词。宽恕的前提是接纳，做到接纳才能做到原谅对方；尊重即是尊重对方的选择，包括她的言行；至于鼓励，虽然妈妈对你的鼓励少，但你可以鼓励她，就像你对她说的：'妈妈，你化妆呀，像以前那样，精神面貌多好！'这也是一种鼓励。应付、宽恕、尊重、鼓励，这四个词跟内外归因理论一起并进。如此，不仅她对你的干扰少，你还愿意跟她说话、听她说话。"

　　"好的。"小慧攥紧的拳头松开了。

　　"嗯，我们再去做一次沙盘游戏吧。"

　　"好。"

　　我们来到沙盘室后，我让她先感受一下沙子，她依然像前面两次一样，抓起沙子握紧一会儿，然后松开。

　　"这次感觉怎么样？"

　　"感觉好多了，第一次触碰沙子时，沙子已经在我手里捏散了，可我还想捏！这回，一下就可以了。"

"听起来，似乎还有一点愤怒。"

"是的，毕竟改变需要一个过程。"

"好的，如果愤怒值最大为 10 分，最小为 0 分，那么你认为自己第一次的愤怒值是多少分？"

"我感觉已经无法用分值来表示了。"

"嗯，我明白。假设第二次触沙的愤怒值是 6 分，那么这一次是多少分？"

"4 分吧！"小慧想了想，然后说道。

"嗯，我知道了，下面的时间属于你，去摆沙盘吧。"

"好的。"

大约过了半小时，小慧把她内心世界里的人际关系清晰地展示了出来：沙盘的左上角有狮子、猎豹、老虎三只猛兽，代表对她伤害最大的人，用栅栏围了起来。左下角摆放了斑马、牛等动物，它们对她的干扰一般。中间靠右下角摆放了兔子、绵羊和熊猫三只没什么攻击力的小动物，对她的影响是最小的。而她自己的小天地则布置到最右边，有房屋、凉亭、茶壶、椅子、秀丽的风景，还有小狗相伴。

小慧在这三拨动物局围都放满了花草，并在它们前方各挖了一道河流，代表与它们的沟通。

"代表妈妈的是哪个动物？"我好奇地问。

"是熊猫。"

"熊猫？"

"嗯，其实我是喜欢熊猫的，可它无形中也会影响到我。"

"哦，老师和同学呢？"

"左下角那边对我影响一般的这些动物。"

"好的，那么代表我的是哪一只动物？"我有些调皮地看着她。

"嘿嘿，动物里没有您。"

"啊？"

"您在这儿，右上角的这座桥梁，帮助我与外界连接。它对我来说非常重要，如果没有它，我还在痛苦中煎熬，关闭着自己。"

"嗯。"

"我现在愿意主动跟这些人联系。"

"如果他们主动联系你呢？"

小慧没有吭声。

"你缺少安全感，最主要的原因是对方没有边界感，从而冒犯了你。"我接着引导她。

"是的。"她点点头。

"人与人之间的交往就像是踢足球一样，只要是人，都会有失手的时候，一不小心就没边界感了，只不过那些对你影响最小的人冒犯你的概率会低些。那么，我们自己会不会失手呢?"

"会的，我自己也会有失手。"

"嗯，我第一次给你咨询的时候说容许自己犯错，那么我们是不是也可以容许别人犯错呢?"

"可以。"

"好的，你慢慢地接纳、适应，就会和外界有一个好的连接，也就是乐群。"

"嗯嗯。"

"谈到乐群，我听你妈妈说，她不像以前那样催促你上学，因为一叫你就起来了，这非常好! 咱们能不能再进一步? 以后自己起床，定个时间，她叫是她叫，你自己起是你自己的事儿。"

"可以。其实我是有些依赖妈妈的。"

"嗯，我知道。因为你在姥姥家生活的一年时间里，妈妈忽视了你。"

"是的，我有时候洗头都让妈妈给我洗。"

"嗯，我能理解。可已经过去了这么长时间，你缺失的爱也弥补了很多，所以如今咱们是不是该独立啦？"

"是，可以了。"

"这样成长的方向就对了，既能乐群又能独立，你就会越来越好。给沙盘起个名字吧！"

"《心灵花园》。"

"好。今天是最后一次线下咨询，以后你需要我时，可以随时在微信上联系我，咱们约个时间，或者选一个固定时间在线上进行咨询。"

"好的。"

随后，我又跟小慧随意聊了一会儿，让她多释放一下自己，也顺便正向引导下她。

咨询完，我碰到做社区工作的一个小伙子在篮球场打球，便过去跟他一起玩耍，感觉好极了。

"明天就要走了？"

"是啊，明天走。"

"以后有什么打算，是决定留在西安吗？"

"以前是有这个想法，但现在改变了，我去西安再打磨下自己，就回甘肃来。咱们的家乡相比大城市更需要这方面的资源支持，我可以帮助更多人，也可以更好地照顾我妈妈，她不愿意去西安，觉得人生地不熟，亲朋好友都在这边呢。我觉得家乡挺好的，我挺满足的，都照顾到了，也实现了自己的梦想与价值。"

"是挺好的，加油！"

"嗯，加油！"

在最后一次儿童性教育活动、线下心理咨询结束后，我再为孩子们往沙盘里添些沙子，就该走了。我做了我想做的，似乎也是我该做的。前面的路还很长，愿我们都能度过所有艰难险阻，去做自己热爱的事，收获一个美好人生。

滚滚前行的高铁车轮，载着一颗颗荡漾的心向山外疾驰而去。我戴上耳机听一曲《潇洒走一回》，望着车窗外一闪而过的那些山坡和原野，不禁感慨：生活原本沉闷，但跑起来就有风！与其遥望，不如疯狂。车轮滚滚，致在路上拼搏的我们！